Rockerroman

Volker Himmelseher

ROCKERROMAN

MÄNNLICHKEITSWAHN UND
ÜBERZOGENER EHRENKODEX

Bibliografische Information der Deutschen Nationalbibliothek
Die Deutsche Nationalbibliothek verzeichnet diese Publikation in der Deutschen
Nationalbibliografie; detaillierte bibliografische Daten sind im Internet über http://dnb.dnb.
de abrufbar.

Die automatisierte Analyse des Werkes, um daraus Informationen insbesondere über
Muster, Trends und Korrelationen gemäß §44b UrhG (»Text und Data Mining«) zu
gewinnen, ist untersagt.

Satz, Umschlaggestaltung und Verlag:
BoD · Books on Demand GmbH, In de Tarpen 42, 22848 Norderstedt

Druck: Libri Plureos GmbH, Friedensallee 273, 22763 Hamburg

ISBN: 978-3-7597-4209-4

INHALT

Zu diesem Buch

Die Welt der Rocker ist eine Parallelwelt, die durch ihre Hierarchien, Regeln und Symbole neugierig macht und dabei ebenso faszinierend wie abstoßend ist.

Dass sie allgemein großes Interesse weckt, hat den Autor bewegt, auf der Grundlage von Tatsachenberichten eine Geschichte aus ihrer Welt zu schreiben.

Die Begrifflichkeiten und Kodizes dieser Organisationen werden von ihm vorgestellt. Erst danach beginnt die Geschichte.

Die präsentiert die Facetten des Rockermilieus. Harte Männer aus verschiedenen Perspektiven und mit unterschiedlichen Charakteren treffen in ihr aufeinander.

Einige Mitglieder der Rockerclubs leben nach alten Bräuchen im Old-School-Stil und suchen Brüderschaft, Freundschaft, Treue und gemeinsame Lebensfreude.

Andere haben alte Bräuche aufgegeben und suchen stattdessen gemeinsam Grundlagen für ihren Lebensunterhalt in riskanten und sogar kriminellen Aktivitäten. Selbst Mord und Totschlag sind dabei Teil ihres Männer-Heldentums. Sie sehen solche Taten als Beleg ihrer Männlichkeit und in ihrem Ehrenkodex gerechtfertigt.

Es gibt Gemeinsamkeiten zwischen den beiden Lagern, wenn es um die Durchsetzung fester Regeln geht, solche zum Beispiel, welche die Polizei vorgibt oder sich die spießige Welt der Normalos setzt.

Die Rockerbünde leben isoliert von der restlichen Gesellschaft durch das, was sie untereinander verbindet.

Sogar Europol ermittelt gegen Rockerclubs. Dies zeigt, dass diese Gruppen eine Art »Kriminaldauerdienst« beanspruchen und erhalten.

Um ihre Verbrechen zu bestrafen, werden selbst verdeckte Ermittler in die Rockerbünde eingeschleust.

Durch die Annäherung an ihre neuen Brüder werden sie unsicher, ob die ihnen mit auf den Weg gegebene Sichtweise wirklich immer richtig ist.

Denn Mord bleibt Mord, auch wenn er gerecht erscheint. Er passt nicht in eine Gesellschaft, die moralisch ist. Daher ist es notwendig, dass er streng bestraft wird.

Wenn diese Ermittler länger unter den Rockern leben, gemeinsam marschieren und sich kennenlernen, beginnen sie irgendwann zu zweifeln, ob es immer nur einen richtigen Weg gibt. Der Kampf darüber mit sich selbst und gegen andere entwickelt Dramatik und scheint letztlich ausweglos.

In einem Gedicht, das von einem Unbekannten verfasst wurde, werden Gründe für die Ausweglosigkeit genannt:

»Die Strafe sühnt nicht,
Vergebung löscht nicht aus,
Getanes wird nicht ungetan gemacht.
Damit, dass jemand etwas vergisst,
ist nicht erwiesen,
dass etwas nicht mehr ist.
Eine Tat zeigt ihre Konsequenzen,
Im Menschen selbst und außerhalb des Menschen,
gleichgültig, ob sie als bestraft,
gesühnt, vergeben oder ausgelöscht gilt.«

Die Episoden, welche ausgewählt wurden, basieren auf tatsächlichen Ereignissen. Jedoch geschahen sie in verschiedenen Orten und Epochen und hatten unterschiedliche Verbindungen zueinander.

Den Personen im Roman wurden fiktive Namen gegeben.

Es bleibt zu hoffen, dass die Leserschaft auf ihr Interesse die erhofften Antworten findet.

DIE STRUKTUR DER ROCKERSZENE

In Deutschland existieren verschiedene Gruppen von Rockern. Alle haben einen hierarchischen Aufbau. Ortsvereine sind die kleinsten Teile ihrer Struktur. In Deutschland werden sie als Chapter (bei den Hells Angels als Charter) bezeichnet und in der Regel nach einer Region oder Stadt benannt, natürlich immer nach dem Hauptnamen der Gruppe, wie zum Beispiel Hells Angels MC Hamburg.

Meist nutzen sie ein Clubhaus als Treffpunkt und haben strenge Verhaltensregeln in einer Satzung festgelegt.

Brüderschaft wird von allen Mitgliedern mit einem geschworenen Treuebündnis verbunden. Deshalb werden Clubmitglieder als Brother oder Bruder bezeichnet.

Polizeigewalt lehnen sie ab. Gegen diese stehen sie zusammen wie eine Wand. Ihr Ehrenkodex verbietet ihnen, mit Ermittlungsbehörden zusammenzuarbeiten.

Viele von ihnen tragen Rückenaufnäher mit den Buchstaben ACAB (All Cops are Bastards), um ihren Hass gegen die Polizei auszudrücken.

Die Brüder werden durch Einschüchterung und Bedrohung aktiv, wenn Zeugen gegen sie auftreten.

Oftmals verdienen sie ihr Geld in halblegalen Bereichen wie dem Sicherheitsgewerbe, als Wachleute im Rotlichtmilieu, als Eigentümer von Pornoshops und Eroscentern.

Unrechtmäßige Einnahmen können innerhalb solcher Quellen gut verborgen werden.

Sie tragen gleiche Kleidung und Abzeichen als Zeichen ihrer Gemeinschaft. T-Shirts, Tanktops oder Hoodies mit dem Namen des Clubs, dem Totenkopf oder anderen Symbolen. Ihre Einheitskluft umfasst Jeans, Lederhosen oder Motorradhosen, Stiefel, Handschuhe, Sonnenbrillen und Helme sowie Schmuck, Ringe, Ketten sowie Armbänder mit dem Club-Logo neben anderen Kennzeichen.

Ihre Cut-offs haben abgeschnittene Ärmel. Alles, was an dieser Bekleidung nicht notwendig ist, wird entfernt. Sie tragen ihre Kleidung mit Stolz, Ehrgefühl und Respekt und erwarten, dass andere dasselbe tun. Sie akzeptieren keine Kopien. Sie reagieren darauf ohne Rücksichtnahme hart und gewalttätig.

Geschichtlich stammten die ersten Rockerorganisationen aus einer Gruppe ehemaliger US-Luftwaffensoldaten. Sie wurden als *Pissed off Bastards of Bloomington* bezeichnet. In den Clubs strebten sie das Gefühl der Zusammengehörigkeit nach dem Krieg an. Später nannten sie sich Hells Angels und MC. (MC für Motorcycle Club). Sie wurden Vorbild für alle später gegründeten Gruppen und zählen immer noch zu den wichtigsten auch in Deutschland.

Ihre besondere Stärke liegt in einer ausgeprägten internationalen Vernetzung. Der größte Motorradclub in Deutschland ist der Gremium MC. Mit mehr als 80 Abteilungen in Deutschland, Italien, Polen, auf den Kanarischen Inseln, Slowenien, Bosnien-Herzegowina, Österreich, Spanien-Festland, Venezuela, Thailand, Serbien, Norwegen, Dänemark, Russland, Frankreich, Belgien, Chile, Nordmazedonien und der Türkei bietet er den besten Beweis dafür.

Gehören die Bruderschaften zu den Outlaw Motorcycle Gangs (OMCG), betrachtet die Polizei sie als einen wichtigen Teil der organisierten Kriminalität. Sie verüben alle Arten von Straftaten, einschließlich Gewaltdelikten, gefährlicher Körperverletzung, einfacher Körperverletzung, räuberischer Erpressung und Bedrohung, sowie Straftaten gegen das Betäubungsmittelgesetz oder das Waffengesetz. Die Identität der Brüder, die Drogen konsumieren oder verkaufen, wird durch den Aufnäher *DFFL* oder *Dope Forever, Forever Loaded* gezeigt.

Ihre Hemmschwelle ist selbst bei Mord und Totschlag unter Einsatz von Stich- und Schusswaffen äußerst niedrig. Gründe, die sie zu Mördern werden lassen, sind für Normalos eher banal. Besonders gegen rivalisierende Banden agieren sie äußerst brutal.

Wenn diese sich keine Erlaubnis eingeholt haben, verbieten viele Clubs Konkurrenten das Durchfahren ihres Territoriums. Ein Verstoß gegen dieses Gebot wird wie ein *Drive-by*, gewalttätiger Angriff auf das eigene Chapter, geahndet.

Wer eine *Dragpipe*, einen geraden Auspuff ohne Schalldämpfer, fährt, nutzt diesen stattdessen gerne auf seiner Pistole.

Rocker zeigen nur untereinander Spielraum für Sentimentalitäten. Fährt einer von ihnen den Chopper Captain America, den Peter Fonda im Film *Easy Rider* fuhr, fährt ein anderer Bruder Billy Bike, den Dennis Hopper im selben Film ritt. Sie kommen sich dann vor wie Big Twins, echte Zwillinge. So wird auch der Zweizylindermotor der Harley genannt.

Um das zu dokumentieren, tragen sie Aufnäher mit Zwillingen auf der Brust.

Andere Brüder fahren zusammen Custombikes, speziell auf ihre Wünsche angefertigte oder umgebaute Motorräder. Sie wählen voll Sentimentalität jede denkbare Gemeinsamkeit. Gemeinsamkeit macht stark!

DIE ANREIZE, ROCKER ZU WERDEN

Für viele Männer ist der Grund, in einem Rockerclub Mitglied zu werden, zunächst der Wunsch nach einer Brüderschaft, nach Zusammenhalt und tatsächlicher Freundschaft.

Diese Männer streben mit ihren Sehnsüchten fern von jeder Kriminalität nach einer Gemeinschaft von Gleichgesinnten.

In Rockerclubs sind die Aufnahmebedingungen anders als in anderen Vereinen streng und hart. Feste Regeln verstärken den Wunsch der Bewerber dazuzugehören.

Früher war man verpflichtet, mindestens 21 Jahre alt zu sein, ein schweres Motorrad zu besitzen und eine weiße Hautfarbe zu haben.

Die letzte Auflage wurde nach der starken Migration auch in Deutschland fallen gelassen.

Heutzutage ist es ausreichend für einen Aufnahmeantrag, dass Interessenten bereits enge Verbindungen zu Clubmitgliedern aufweisen können.

Anschließend beginnt man für etwa drei Monate als *Hangaround*. Dem ist gestattet, das Clubgelände zu betreten und leichte Tätigkeiten wie das Reinigen des Clubhauses zu erledigen. Man steht unter Dauerbeobachtung der Clubmitglieder und muss die Zeit nutzen, zu beweisen, dass man dazugehören kann.

Wer sich bewährt, wird zum Prospect aufsteigen und somit in der Hierarchie die erste Stufe der Mitgliedschaft erreichen.

Die Jungspunte werden ein weiteres Jahr lang beobachtet und geprüft, jedoch sind sie bereits berechtigt, an gemeinsamen Fahrten und Festen teilzunehmen.

Im Laufe der Zeit lernen sie zahlreiche Tabus kennen:

Es ist untersagt, in Kontakt mit der Polizei zu treten.

Es ist unbestritten, dass die Beamten auf der falschen Seite stehen.

Einige örtliche Untergliederungen, Chapter oder Charter, kennen sogar ein Verbot des Konsums von Alkohol.

Man verspricht sich gegenseitig absolute Treue bis zum Tod und überprüft das Einhalten regelmäßig.

Überraschenderweise steht bei vielen Rockerclubs auf dem Programm, ihrer Heimatgemeinde Gutes zu tun.

Sie erheben zum Beispiel Teilnahmegebühren für Rundfahrten und spenden das Geld später ihrer Gemeinde für wohltätige Zwecke.

Hauptsächlich durch Aussteiger wird bekannt, dass in vielen Chaptern auch kriminelle Handlungen stattfinden.

Durch ihre Aussagen bringen sich diese Whistleblower in Lebensgefahr. Sie werden von der Staatsgewalt unter Zeugenschutzprogramme gestellt, weil ihre Aussagen für ein intaktes Gemeinwesen wichtig sind.

Die Einnahmen aus der Kriminalität werden zwischen denen aus den Hauptberufen versteckt, die offiziell versteuert und, falls notwendig, auch als Gewerbe eingetragen sind.

Alle Hauptberufe gehören in dubiose Branchen, und ihnen haftet von Haus aus etwas Zwielichtiges an.

Als Vollmitglied fährt man viele Stunden gemeinsam Motorrad, feiert wilde Partys und tauscht sich im Clubhaus aus. Ist der Präsident ein fähiger Mann, so sorgt er sich um ein spannendes Programm für alle Clubmitglieder. Oftmals trainiert man zusammen für die Kämpfe mit rivalisierenden Clubs, die den eigenen Bezirk nicht respektieren. Im Ernstfall schreckt man selbst vor Totschlag nicht zurück. Man müsse in solchen Fällen auf allen Zylindern laufen, heißt es dann.

Schon die Masse der bulligen Biker, in der sie sich in den Straßen sehen lassen, macht die Polizei zu ihren Gegnern. Ihre Maschinen werden auf richtige Zulassung kontrolliert genau wie ihre persönliche Ausrüstung. Artet die Überprüfung in Schikane aus, ist Gerangel mit Gegenwehr durch Schlagstöcke und Festnahmen vorprogrammiert. All das macht »die Bullen« immer mehr zum roten Tuch.

Wenn dann bei den Bösen auch noch 50 Kilogramm Rauschgift gefunden werden, wird es richtig gefährlich. In dieser Preiskategorie fallen sogar Schüsse.

EIN ROCKERLEBEN IM RAUM KÖLN ANFANG DER ACHTZIGER JAHRE

Die Hells Angels waren der stärkste Rockerclub der Dom- Stadt. Ihr Clubhaus befand sich in Frechen direkt neben der Autobahn Richtung Aachen.

Es lag ganz im Wirbel der Fahrgeräusche vorbeibrausender Fahrzeuge. Diese erzeugten ein Geräusch ähnlich dem ihrer schweren Maschinen, welches sie so gerne hörten.

Am Clubhaus erfreute man sich mitten im Mai an sonnigem Frühlingswetter.

Jörn Möller stand unter der Dusche und ließ seine letzten drei Jahre vor dem inneren Auge Revue passieren. Das warme Wasser rieselte angenehm an seinem Körper herunter, und er hätte am liebsten geschnurrt wie eine Katze bei diesem Vergnügen. Er blieb unter dem warmen Schauer in seinen Erinnerungen, die nicht nur schön waren.

Vor drei Jahren war seine Mutter an Brustkrebs verstorben. Zwei Jahre hatte er bis dahin ihren Leidensweg eng begleitet und sich dabei von der Außenwelt abgeschottet.

Er war nur noch für sie da gewesen, sie brauchte das und sie war sein letztes Stück Familie. Geschwister hatte er nicht, der Vater war schon mehrere Jahre tot. Nach diesen Seuchenjahren wollte er unbedingt die Hansestadt verlassen. Er brauchte einen Neuanfang und machte sich auf den Weg nach Köln.

Dort versprach er sich Frohsinn und ein wenig Leichtlebigkeit. So stellte er sich das Rheinland vor. Der Anfang war auch nicht schlecht gewesen. Doch bald fühlte er die Oberflächlichkeit, die allen neuen Kontakten anhing. Möller wollte sich diese Kölner Lebenseinstellung nicht angewöhnen. Ihm fehlte das verhaltene, aber ernst gemeinte Miteinander, welches er aus Hamburg gewohnt war.

Erst bei einem Abend in der Kneipe, an dem er die Bekanntschaft eines Rockers machte, fand er, was er suchte. Motorradfahren war schon immer eine Leidenschaft von ihm gewesen. Das passte schon mal.

Der Mann schwärmte von Freundschaft und Brüderschaft, die zwischen den

Mitgliedern seines Clubs herrsche. Er machte Jörn Möller neugierig, und der ließ sich überzeugen.

Inzwischen war Möller Vollmitglied im Charter und fühlte sich angekommen und von den Mitgliedern angenommen.

Durch das Fenster des Duschraums drangen Stimmen zu ihm hinein und unterbrachen seine Rückschau.

Er erkannte die Stimme von Siggi, dem Präsidenten seines Charters. Der war ein Kölner, und eigentlich war Kölsch seine Hauptsprache. Doch er versuchte, in seiner Wichtigkeit, Hochdeutsch zu sprechen. Das gelang ihm nur mit dem rheinischen Singsang in der Stimme. Nur wenn es sehr privat wurde, schwenkte er auf reines Kölsch um.

Siggi war schon ein echter Kölscher Typ. Auf Clubfesten ließ er sich mit seinem Lieblingslied feiern:

»Eimol Prinz zo sin, en Kölle am Rhing.« Einmal Prinz zu sein in Köln am Rhein.

Wie der Karnevalsprinz über die närrischen Tage in der Stadt herrschte, tat es Siggi im Charter und darüber hinaus in der Kölner Rockerszene.

Jörn Möller mochte den Chef. Er beeilte sich mit dem Anziehen, denn es war ihm wichtig, mit Siggi zu sprechen. Dessen Auswahl an Sprüchen war legendär:

Wenn er den Hosenstall offengelassen hatte und man ihn darauf aufmerksam machte, fand der sofort die richtige Entschuldigung: »Nä, dat is Bereitschaft.«

»Wie heißt der nordische Gott der Ungeduld? Hammersbald«, gehörte ebenfalls zu seinem Repertoire.

Der sonnige Tag hatte Siggi vor das Clubhaus gelockt.

Er saß auf der vierstufigen Steintreppe, neben sich ein kaltes Bier. Die Flasche war beschlagen. Als Jörn Möller herauskam, grüßte er ihn mit einem breiten Grinsen.

»Morje, de siehs su frisch jeebügelt us.« Morgen, du siehst so frisch gebügelt aus.

»Hab nur geduscht, Boss, ich bin nicht mal geschminkt«, antwortete Möller mit einem kleinen Lacher.

Das satte Geräusch eines Motorrads beendete das launige Zwiegespräch der beiden Männer. Siggi erkannte eine Harley-Davidson sofort an ihrem Ton und schaute auf.

Er kannte auch deren Besitzer. Der hieß Bernd Stelter und gehörte zu den Red

Devils, dem größten und wichtigsten Supporter-Club der Angels. Siggi mochte ihn nicht, aber er galt als Freund. So waren die Regeln.

Die beiden Männer musterten sich abwartend.
Zwischen ihnen herrschte physische Gleichberechtigung.
Sie waren gleich groß und gleich athletisch.
Es bestand keine körperliche Überlegenheit.
Beide waren bemüht, möglichst aufrecht zu stehen.
Bernd Stelter trug provokativ die Ziffern 666 auf seiner Kutte, das Zeichen des Bösen.

Siggi konnte nur auf andere Art und Weise gegen den Gast punkten, befand er und beschloss, mit besonders entschlossener Stimme zu dominieren.
»Willkommen auf unserem Terrain. Du brauchst zwar keine Anmeldung, aber hier gelten allein unsere Regeln«, begrüßte er ihn knorrig und kurz angebunden.

Der Gast schaute ihn überrascht an und meinte dann:
»Nanu, ich vermisse jegliche Freundlichkeit. Was soll die grobe Ansage. Sie klingt wie ein Ultimatum, das befolgt werden muss.«

Der Gedanke: Auf diesen groben Klotz gehört ein Keil, ließ Siggi zur Höchstform auflaufen:
»Guck mal da vorne rechts.«
»Was ist denn da?«
»Da hört der Spaß auf. Ich merke du hast mich verstanden. Unsere Regeln sind nun mal ultimativ.«

Sein drohender Ton und seine Wortwahl ließen den Gast einlenken. Er war sichtlich nervös geworden. In seinem Hals stauten sich Frösche, und er musste sich räuspern, bevor er sich in der Lage fühlte zu antworten:
»Wir stehen doch beide auf der dunklen Seite. Ich werde keine Probleme machen.« Er warf Siggi trotz dieses Versprechens einen hasserfüllten Blick zu. Als er sich danach umdrehte, seine Maschine anwarf und langsam gruß los vom Hof fuhr, wurde Siggi klar, dass der Mann sich eigentlich nur anmelden wollte. Was der auf

ihrem Gebiet wollte, konnte er nun gar nicht mehr erfragen. Aber ein Satz blieb ihm im Sinn:

»Wir stehen doch beide auf der dunklen Seite.«

Stelter bevorzugte das Kriminelle, und deshalb passte ihm der Kerl gar nicht, Siggi stand nicht auf der dunklen Seite, er wollte motorradfahren und die Freundschaft mit Brüdern pflegen. Natürlich konnte er auch einmal anders, sonst wäre er nicht so weit gekommen, aber das sollte nach seiner Maxime immer die Ausnahme bleiben. Er entspannte sich und begann damit, den nächsten Tag zu planen. Dazu kam ihm Jörn Möller gerade recht.

Möller hatte das frostige Gespräch des Präsidenten mit dem Mitglied der Red Devils genau mitgehört. Er fand cool, wie souverän Siggi Bernd Stelter abgefertigt hatte.

Als Siggi ihn nun zu sich winkte, ging er neugierig zu ihm hin. Siggi hatte seinen Platz auf der Steintreppe wieder eingenommen und nippte genüsslich an seinem Bier.

»Komm setz dich zu mir, wir haben etwas zu besprechen«, sagte er und klopfte mit seiner Pranke auf eine Stelle neben sich auf der Stufe.

Jörn Möller folgte der Aufforderung und wartete gelassen auf das, was nun kam.

Er musste nicht lange auf Siggis nächste Worte warten:

»Dieser Stelter ist kein Old Schooler, der steht nicht für unsere alten Leidenschaften, ist nur ein Krimineller. Der ist giftig wie ein Pitbull und macht Frauen aus Osteuropa zu Nutten, dann wird er ihr Loddel. Ich werde dafür sorgen, dass unsere Männer nicht so werden. Sonst ist es nicht weit, bis unser Club zum OMC, Outlaw Motorcycle Club, wird.

Die haben es mit einem hohen Migrantenanteil zu schaffen, meist junge Männer zwischen Ende 20 und Ende 30.

Das Motorrad steht für sie nicht mehr im Mittelpunkt.

Dann dauert es nicht mehr lange bis zum Verbot des Chapters.«

»Boss, ich verstehe dich. Gerade jetzt rumort es in Köln ganz schön. Kein Tag vergeht ohne Rangelei zwischen den Bullen und einem Club. Da ist deine ruhige Hand über unserem Chapter Gold wert.«

»Eine ruhige Hand ist längst nicht mehr genug. Wir müssen Zeichen setzen. Wir müssen in unserer Gemeinde, die uns so lässt, wie wir es wollen, wenigstens ab und zu etwas Gutes tun.

Ich habe für übermorgen eine Blood-Rallye angemeldet, und du sollst bei dieser Ausfahrt zur Blutentnahme der Roadcaptain sein.«

Jörn Möller zuckte zusammen. Eine solche Aktion war Neuland für ihn. Unsicher antwortete er: »So etwas habe ich noch nie getan, das weißt du doch, Siggi. Ich glaub, ich bin nicht der richtige Mann dafür. Ich weiß noch nicht mal, wie sowas abläuft.«

»Zunächst habt ihr alle unsere Originalkluft an, Lederwesten mit dem Club-Logo, Name des Clubs, Name unseres Chapters. Auf dem Rücken ist der Death's Head, der Totenkopf mit Helm und Flügeln, ein Muss.

Für dich habe ich noch einen Patch mit deiner neuen Rangordnung als Roadcaptain. Alles nach dem Motto: Wenn wir Gutes tun, soll man uns auch erkennen.«

Jörn Möller sah ihn ungläubig an. »Das weißt du doch, so etwas kenne ich, aber ich weiß nicht, wie so eine Massen-Blutabnahme abläuft. Das ist mein Problem.«

»Da ist nichts schwer dran zu verstehen. Das ist schnell erklärt: Ihr braucht alle einen amtlichen Lichtbildausweis, keine Kopie, sonst läuft die Chose nicht. Zunächst müsst ihr einen Spender-Fragebogen ausfüllen. Bei unklaren Fragen wendet ihr euch an den Arzt oder die Ärztin. Im Wesentlichen geht es um euren Gesundheitszustand, der muss okay sein, sonst gibt es keine Blutabnahme. Mit einem schnellen Stich in den Finger ziehen sie etwas Blut ab und bestimmen eure Blutgruppe. Ein Verletzter, der viel Blut verloren hat, kann nämlich nicht jede Blutgruppe vertragen. Also muss die Gruppe des Spenders bekannt sein. Dann wird anhand eines kleinen Bluttropfens aus dem Ohrläppchen der Hämoglobin-Wert bestimmt. Mit dem Test wird Blutarmut bei euch ausgeschlossen, damit ihr euch durch eine Blutentnahme nicht selbst gefährdet.

Ein kurzer Gesundheitscheck hat das gleiche Ziel.

Wenn Blutdruck, Puls und Körpertemperatur in Ordnung sind, dann darfst du spenden. Nun werden innerhalb von etwa zehn Minuten 500 Milliliter Blut aus der Armbeuge entnommen. Du brauchst keine Angst zu haben, eine Krankheitsübertragung auf dich ist völlig ausgeschlossen.

Die arbeiten bei jedem Spender mit sterilem Einwegmaterial. Das abgenommene Vollblut geht sodann durch einen Schlauch in ein spezielles Gerät, das Plasmapherese-Gerät. Darin werden feste und flüssige Blutbestandteile voneinander getrennt. Der flüssige Anteil ist das Plasma, das wird in einem besonderen Behälter gesammelt. Die restlichen Blutbestandteile gehen noch während der Spende zurück in den Körper. Deine Spende wird dann noch einmal im Labor untersucht. Bei einem befriedigenden Ergebnis wird sie für den Blutspendedienst verwahrt. Du musst gut 30 Minuten ruhen, einen kleinen Imbiss einnehmen und viel trinken, natürlich ohne Alkohol, bevor du das gastliche Haus wieder verlassen kannst. Als Zeugnis für deine Heldentat gibt man dir einen Blutpass mit. Das war's dann, hast du alles verstanden?«

»Jawohl, Herr Doktor, das konnte sogar ein Blöder verstehen. Das wird schon schiefgehen.«

Siggi Schmitz ließ es damit jedoch nicht genug sein: »Die Klinik ist in Lindenthal. Du musst pünktlich dort ankommen, rechne mal lieber anderthalb Stunden Reserve ein.

Wenn ihr auf euren Feuerstühlen durch die Stadt geigt, habt ihr bestimmt die Bullen am Hals. Provoziert sie nicht. Verzichtet auf *ACAB, All Cops are Bastards*-Rückenaufnäher! 15 bullige Biker setzen die Polente so schon vollends in einen Rausch. Das Ganze wird in Schikane enden: Eure Maschinen werden zeitaufwendig auf richtige Zulassung untersucht, eure Ausrüstung genauso inspiziert.

Du bist der Leader, behalte ruhig Blut, zu diesem Zeitpunkt hast du ja noch alles. Erkläre ruhig, was ihr vorhabt. Wenn ihr Glück habt, wird man euch dann mit großer Begleitung zum Krankenhaus eskortieren. Du hast also eine Möglichkeit, dich zu bewähren. Wir machen übermorgen, bevor ihr losfahrt, nochmals einen Check-up. Jetzt würde mich mehr interessieren, was du über neue Zusammenstöße mit den Bullen in der Stadt weißt.«

»Hast du denn nichts darüber gelesen?«

»Ich lese kaum, ich verlass mich lieber auf meine Ohren. Hol dir eine Pulle Bier und erzähl.«

Jörn Möller hatte es sich mit seinem Kölsch auf der Stufe bequem gemacht und begann mit seiner Schilderung:

»Es geht um einen Mord mit Rockerbeteiligung im Kölner Volksgarten. Der hat die Gemüter sehr aufgewühlt. Für die Polizei war wieder mal eine rote Linie überschritten, der nordrhein-westfälische Innenminister sprach sogar ab nun von null Toleranz. In den Clubhäusern muss, nach Meinung der Presse, sehr bald mit Hausdurchsuchungen gerechnet werden. Sogar Verbote von Clubs sind zu erwarten. Übrigens, die Red Devils als unsere Supporter stecken mittendrin.«

»Das sind die ersten Good News, die ich höre. Dann wären wir Leute wie Bernd Stelter mit einem Schlag los.«

»Ja, das könnte passieren. Aber nun zu den Geschehnissen: Ein ehemaliges Mitglied der Red Devils hatte sich mit seiner Freundin im Biergarten am Kahnweiher verlustiert.«

Siggi fiel ihm ins Wort: »Der Ort ist mir bekannt. Dort wurde erst kürzlich eine britische Fünf-Zentner-Bombe gefunden und innerhalb einer großen Evakuierungszone entschärft. Das scheint mir eine spannende Gegend zu sein.«

»Ja, das sieht ganz danach aus«, fuhr Möller gelassen fort:
»Als das Paar aus dem Biergarten aufbrach, war es schon dunkel. Auf einem schlecht beleuchteten Weg wurde den beiden aufgelauert, und der Anschlag nahm seinen Lauf.
Der ehemalige Rocker war bei den Red Devils ausgeschieden, weil er künftig ein spannungsfreies Leben führen wollte. Das sah er in einer Beschäftigung als Türsteher in einem berüchtigten Etablissement auf den Kölner Ringen.
Das spricht, meines Erachtens, für sich selbst.
Anscheinend wollten sich aber seine Brüder mit seinem Entschluss nicht abfinden. Er hatte den Schwur für ewige Treue und Brüderschaft gebrochen. Für sie war er nun vogelfrei, und sie wollten ihm einen Holzpyjama verpassen. Nun die genauen Angaben aus der Zeitung:
Es war 23:30 Uhr und im Park war es an vielen Stellen schon so still, man hätte den Wenigen, die noch herumhingen, einen Totenschein ausstellen können. In diese Stille stießen zwei Männer auf schweren Maschinen mit großem Getöse. Der Türsteher wurde mit einem einzigen Kopfschuss regelrecht hingerichtet. Er war sofort tot. Seine Begleiterin wurde ebenfalls von Kugeln getroffen. Sie hat die Schüsse

schwer verletzt überlebt und konnte ins Krankenhaus verbracht werden, wo sie sich anscheinend langsam erholt. Sie soll als einzige Zeugin der Tat unter Polizeischutz gestellt worden sein. Von ihr wurde mittlerweile in Erfahrung gebracht, dass es sich bei den Tätern um zwei Rocker zwischen 20 und 30 Jahren handelte. Sie konnten trotz einer schnellen Absperrungsmaßnahme unerkannt fliehen, und man ist ihrer bisher nicht habhaft geworden.

Über mehrere denkbare Fluchtwege wird spekuliert:

Vielleicht sind sie über die Overstolzer-Straße Richtung Sachsenring geflüchtet.

Eine zweite Fluchtmöglichkeit über die Schmalseite des Parks auf der Vorgebirgstraße durch einige Grünzonen in den östlich hinter dem Bahndamm beginnenden Vorgebirgspark wird ebenfalls für möglich erachtet.

Die Volksgartenstraße und der Vorgebirgswall mit dem anschließend begrünten Bahndamm zur Südbrücke werden als der wahrscheinlichste Fluchtweg vermutet.

Er ist am Schluss nur als Fuß- und Radweg zugänglich.

Dort kamen die beiden locker mit ihren Maschinen durch, es gab nicht mal eine Polizeistreife.

Auf der anderen Rheinseite befanden sie sich dann auf jeden Fall außerhalb des engeren Fahndungsgebietes. Ich glaube, das sollte dir reichen.«

»Das tut es, und mir gefällt, wie gut du informiert bist. Du zeigst an unserem Umfeld Interesse, das ist wichtig. Und Wesentliches kannst du anschaulich zusammenfassen. Du klangst allerdings ein wenig wie ein Roboter. Dir fehlt unser rheinischer Singsang.«

»Danke, ich werde Gesangsstunden nehmen.«

Siggi kicherte und meinte: »Nun ja, jetzt habe ich jedenfalls keine Bedenken mehr, dass du unseren Club übermorgen nicht mit Bravour ins richtige Licht rücken wirst.«

Jörn Möller fühlte sich ganz schön gebauchpinselt.

Zwei Tage später lief alles nach Plan. Siggi Schmitz ließ die Männer auf dem Hof antreten. Er inspizierte die Bekleidung und ließ sich die Personalausweise zeigen. Er hatte nichts zu beanstanden. Auch die letzte Abstimmung mit Jörn Möller verlief perfekt. Bevor er den Trupp für die Blood-Rallye entließ, mahnte er an, sich während der Aktion gesittet zu verhalten. Insbesondere verbot er, die Polizei zu reizen, falls die sie anhielt und kontrollierte.

»Benehmt euch als die Guten. Ihr befindet euch auf einer Benefizveranstaltung, richtet euch danach«, waren seine letzten Worte vor dem Abschied.

Siggi behielt Recht, sie wurden wirklich kontrolliert und teilweise sogar gefilzt. Auf der Aachener Straße wurden sie von einem Polizeiaufgebot gestoppt und an die Seite gewunken. Sie folgten der Aufforderung ohne Widerstand. Jörn Möller ließ sich als Führer der Gruppe erkennen und stellte sich für eine Befragung zur Verfügung. Die erste Frage nebst Schlussfolgerung kam ziemlich barsch:

»Was wollen Sie hier mit den vielen Krafträdern in der Stadt? Ihre Kolonne wird bald einen Stau auslösen.«

Möller blieb cool und antwortete wahrheitsgemäß: »Wir fahren zur Blutabnahme.«

Der Beamte wurde giftig und meinte drohend: »Ich verstehe keinen Spaß und lasse mich erst recht nicht verarschen.«

»Dann rufen Sie doch im Krankenhaus an. Wir sind dort angemeldet. Und hier haben Sie die Telefonnummer.«

Jörn Möller blieb ganz ruhig, und der Beamte war ein bisschen verunsichert.

Nach kurzem Zögern rief er an, er wollte keinen Fingerfehler machen, und das war gut so. Der Termin der Rocker im Krankenhaus wurde ihm bestätigt. Die Stimmung wurde etwas freundlicher, aber seine Leute forderten trotzdem alle Ausweise und die Fahrzeugpapiere ab und prüften die Motorräder auf Manipulation und Zulassung. Diese Aktion dauerte ihre Zeit.

Auf dem Bürgersteig hatten sich inzwischen Schaulustige postiert und glotzten um die Wette. Streifenpolizisten hinderten sie daran, näherzukommen.

Einige der jüngeren Biker fingen an zu frotzeln:

»Schaut mal, die Kleine da vorne hat eine Hühnerbrust, Lesbenalarm, sag ich nur.«

Die anderen johlten vor Vergnügen. Nur die Kleine reagierte betroffen. Sie wurde zum Nervenbündel mit unstetem Blick und zuckenden Lippen.

Nach einer Dreiviertelstunde gaben die Beamten Ruhe, aber sie eskortierten die Gruppe bis zum Krankenhaus. Erst danach zogen sie sich wieder zurück. Diese gemeinsame Fahrt von Rockern und Polizei trieb noch manchen Neugierigen an das Fenster.

Die Gesundheitstests und die Laborprüfungen brachten keine Beanstandungen. Alle 14 Männer erhielten den Spenderpass als Beweis. Nach einem kleinen Imbiss mit viel Wasser und einer Ruhepause fuhren sie stolz zum Clubhaus zurück, ohne angehalten zu werden. Alle waren zufrieden, und am Abend vernichteten sie noch mehrere Kästen Bier.

Siggi Schmitz sprach Möller ein Lob aus. Der hatte auch vor der Gruppe Ansehen gewonnen. Die meisten prosteten ihm zu.

Aus voller Brust sangen sie gemeinsam ihr Clublied: STAIRWAY TO HEAVEN von Led Zeppelin:

»*There's a Lady who's sure all that glitters is Gold*
And she's buying a stairway to heaven.
When she gets there she knows, if the stores are all closed
With a word she can get what she came for
Ooh, ooh, and she's buying a stairway to heaven

There's a sign on the Wall but she wants to be sure
'Cause you know sometimes words have two meanings
In a tree by the brook, there's a songbird who sings
Sometimes all of our thoughts are misgiven

Ooh, it makes me wonder
Ooh, it makes me wonder. «

Auf Deutsch:

Es gibt eine Frau, die sicher ist, dass alles, was glänzt, Gold ist
Und sie kauft eine Treppe zum Himmel.
Wenn sie dort ankommt, weiß sie, wenn die Läden alle geschlossen sind,
 mit einem Wort kann sie das bekommen, was sie will
Ooh, ooh, und sie kauft eine Treppe zum Himmel

Es gibt ein Schild an der Wand, aber sie will sichergehen,
denn manchmal haben Wörter zwei Bedeutungen.

In einem Baum am Bach singt ein Singvogel.
Manchmal sind all unsere Gedanken falsch.

Ooh, das lässt mich nachdenken
Ooh, das lässt mich nachdenken.

»Das war ein guter Tag«, meinte Siggi zum Schluss, ganz im Stil eines Indianer-häuptlings.

GONE, BUT NOT FORGOTTEN – GESTORBEN, ABER NICHT VERGESSEN

Siggi Schmitz saß auf seinem Lieblingssessel, der weit mehr Jahre auf dem Buckel hatte als Jörn Möller.

Er kaute an der traurigen Nachricht von Pitt Schäfers unverhofftem Tod, die er von seinem Frankfurter Angels-Freund Andy Keller erhalten hatte.

Er hatte Andy zusammen mit Pitt auf einem Angels-Treffen kennengelernt, und dort waren sie Freunde geworden.

Nach mehrmaligem Zusammentreffen hatten sie beschlossen, ihre Freundschaft sichtbar zu machen.

In einem Tattoosalon ließen sie sich das Angels-Zeichen, den Totenkopf mit Helm und Flügeln, auf ihre Rücken stechen.

Bei Siggi war es das einzige Tattoo geblieben. Nun fragte er sich voll Aberglauben, ob sie mit dem Totenkopf im Tattoo den Gevatter Tod für Pitt vielleicht herbeigelockt hatten.

Siggi hatte oft bedauert, dass sie sich so wenig sahen. Zwischen Pitt und Andy war das ganz anders, sie teilten sich nämlich in Frankfurt eine Wohnung.

Andy wusste, welche Abscheu Siggi vorm Lesen hatte.

Deshalb schrieb er ihm die Nachricht vom Tod als kleine Geschichte. Geschichten las Siggi schon eher.

Andy setzte damit seinen Freund über das Wie und Wann genauso gut in Kenntnis.

Die Geschichte hatte Siggi so gepackt, dass er sie im Moment sogar zum zweiten Mal las:

»Es war ein klarer Märztag, für die Jahreszeit warm.

Pitt Schäfer stand in Frankfurt hinter seinem geöffneten Zimmerfenster und war zufrieden mit dem, was er sah.

Er hatte für den heutigen Samstag eine Fahrt nach Hamburg geplant, selbstverständlich mit seiner Harley.

Der Grund seiner Fahrt war nicht erfreulich, deshalb sollte wenigstens der Trip selbst Freude machen.

Pitt liebte es, Motorrad zu fahren.

Bei solchem Wetter würde es in seiner Lederkluft ein echtes Vergnügen werden.

Unerfreulich war nur, dass er in der Hansestadt seinen Knastbruder Eberhard Schreier aufsuchen musste, weil der ihm Geld schuldete und auf telefonische Anmahnungen nicht reagiert hatte.

Das wäre ihm mit einem Rockerbruder nie passiert!

Ein solches Verhalten hatte er von dem 51-jährigen Schreier auch nicht erwartet. So konnte der Kerl einfach nicht mit ihm umgehen. Er wollte ihm zeigen, wo Bartel den Most herholt.

Die Fahrt verlief gut. Mit dem Motorrad kam man bei mutiger Fahrweise selbst mit Staus zurecht. Er erreichte Hamburg am Abend und hoffte, dass er das säumige Arschloch zu Hause antreffen konnte. Er beschloss, es zu versuchen.

Pitt hatte sich die Wohnanschrift in Hamburg-Schnelsen vorsorglich aufgeschrieben. Da er aber schon einmal dort gewesen war, brauchte er die Notiz gar nicht, er fand ohne Probleme dorthin. Als er das Wohnhaus erreichte, sah er zufrieden, dass hinter zwei Fenstern Licht brannte.

Sein Schuldner war also zu Hause.

Er drückte mehrfach auf den Klingelknopf.

Nach einem Moment hörte er innen Schritte, die sich der Tür näherten. Pitt freute sich schon auf das Geld.

Aber er hatte sich zu früh gefreut.

Die Tür wurde von innen aufgerissen, und er sah sich seinem Bekannten gegenüber. Was er noch sah, ließ ihn erstarren.

Der Mann hatte einen Revolver in der Hand. Pitt fiel mit dem ersten Schuss in sich zusammen und hörte die weiteren gar nicht mehr. Da war er schon tot.

Auch dass sein Mörder danach den Revolver gegen sich selbst richtete, bekam er nicht mit.

Die lauten Schüsse lockten die Anwohner vor die Tür.
Einer von ihnen fand die Toten im Vorgarten des Hauses.
Er rief mit seinem Mobile umgehend Polizei und Rettungskräfte an.
Der Notarzt konnte nur noch den Tod der beiden feststellen.

Anhand von Pitts Kluft ordnete die Polizei ihn sofort der Rockerszene zu und brachte schnell in Erfahrung, dass er dem Hells Angels Charter Frankfurt angehörte.

Zunächst ging man von einem Kampf verfeindeter Rocker aus. Doch es zeigte sich bald, dass der Mörder und Selbstmörder kein Rocker war.

Nach Durchsuchen der Wohnung fand man stattdessen Unterlagen über Geldschulden Schreiers gegenüber Schäfer, die der selbst auf Mahnung hin nicht bezahlt hatte.

Die Verlobte von Schreier konnte noch Einzelheiten dazu beisteuern: Pitt hatte ihrem Verlobten im Gefängnis 10.000 Euro gegeben, die dieser in Bitcoin investierte.
Er hatte Pitt versprochen, mit dieser Investition dessen Geld für die Zeit nach dem Knast deutlich zu mehren.
Das Geld war angeblich auf 23.000 Euro angewachsen, Pitt Schäfer habe aber 60.000 Euro verlangt. Das habe Eberhard Schreier nicht schultern können.

Diese Einzelheiten kamen gar nicht in die Zeitung. Der Pressesprecher der Polizei ging auf sie nicht ein, er ließ nur verlautbaren, dass es zwischen den beiden Männern um einen Streit über Geldschulden ging. Der Schuldner fühlte sich dabei wohl so bedroht, dass er schoss. Als er sich über seine schreckliche Tat im Klaren wurde, sah er nur noch die Möglichkeit, auch sich selbst zu erschießen.

Als die Nachricht das Hells Angels Charter Frankfurt erreichte, reagierten die sofort. Sie veröffentlichten ein Foto von Pitt und schrieben dazu:
Wir werden dich nie vergessen, Bruder.
Es war ihnen eine Selbstverständlichkeit, dass sie für Pitt in seiner Geburtsstadt Hamburg eine würdige Beerdigung arrangieren würden.

Die Bestattung sollte auf dem Friedhof in Hamburg-Ohlsdorf stattfinden, denn Pitt wurde am 26. September 1980 in Hamburg geboren.

Die Kapelle 13, eine der größten Kapellen des Friedhofs, war zum Trauerort bestimmt. Sie war die östlichste Kapelle des Friedhofs und wurde 1929 eröffnet. Der Architekt Fritz Schumacher hatte ein sehr ansehnliches Backsteingebäude mit einem Sterngewölbe im Inneren entworfen, und bei Sonnenlicht, das an diesem Tag leuchtete, glänzten die Buntglasfenster in prächtigen Farben. Die Kapelle hatte immerhin 151 Sitzplätze, doch die reichten nicht einmal für Pitts Verwandte, engste Freunde und Brüder des Hells Angels Charter Frankfurt.

Die Worte »Lieber Siggi, du bist natürlich herzlich eingeladen« waren als Abschied an den Freund persönlich gerichtet.

Als Siggi zum Ende kam, war es ihm, als würde er aus einem schlimmen Film erwachen. Die Meldung hatte ihn mitten ins Herz getroffen. Zu ihr kam noch ein weiterer unschöner Umstand hinzu. Er konnte der Einladung nicht Folge leisten.

In der Kölner Rockerszene herrschte zur Zeit Chaos und mächtiges Gerangel mit der Staatsgewalt.

Er musste zu Hause seiner Führungsrolle gerecht werden.

Sein Platz war in diesen Scheißtagen in Mutter Colonia.

Aber er wollte auf jeden Fall einen Repräsentanten seines Charters schicken. Er dachte sofort an Jörn Möller.

Siggi vertraute ihm, und Jörn war als Hamburger für Pitts letztes Geleit der richtige Mann.

Es bestand kein Zweifel für ihn, dass der in der Hansestadt eine gute Figur machen würde.

Der Tag der Beisetzung kam schnell.

Über die Fuhlsbüttler Straße blubberten über 700 Harleys heran. Jörn Möller fuhr in ihrer Mitte.

Trauergäste strömten aus dem In- und Ausland herbei.

Vor der offenen Tür der Kapelle stand Pitts schneeweiße Harley, zwei XXL-Fotos von ihm waren aufgestellt. Blumengebinde und Kränze waren entlang der Außenmauer der Kapelle abgelegt. Die Trauernden, die draußen stehen mussten, konnten alles durch die offene Tür verfolgen. Um 12:00 Uhr mittags erklang der Angels-Song: *Angels Never Die.* Auch vor der Tür stimmten viele darin ein.

Pitts Bruder, ebenfalls ein Angel, übernahm die Trauerrede. Wegen der ausländischen Gäste wurde sie in Deutsch und Englisch gehalten. Er dankte allen Trauernden für das letzte Ehrengeleit für Pitt und geißelte dessen unerwarteten Tod als feigen Anschlag, der viel zu früh kam und furchtbar weh tat.

»Hier hat man es nicht mit einem Tod durch Alter, Krankheit oder Unfall zu tun, den man respektieren müsste«, klagte er.

»Ein Bruder, ein Sohn, selbst Vater von zwei Kindern, ein Ehemann ist ausgelöscht worden, der sich gerade nach längerer Haftzeit wieder neu finden wollte.

Die Zeit kann keine Wunden heilen, aber wir müssen mit diesem Unbegreiflichen leben.«

Er zählte im Folgenden die Stationen von Pitts Rockerleben auf: ein Charter in Luxemburg und das zweite in Frankfurt.

Am Ende seiner Rede erklang als weiteres Lied:

Nur die besten sterben jung der Böhsen Onkelz.

Pitts Rockerbrüder trugen danach den Sarg in gemessenem Schritt aus der Kapelle. Erst nach 900 Metern standen sie vor dem ausgehobenen Grab. In absoluter Stille sank der Sarg an Seilen herunter in die Erde. Erst dann sang ein Mann laut: »Angels forerver, forever Angels«. Dann folgten von allen Anwesenden die gleichen Worte in Kurzform: »AFFA«. Es mutete in seiner gewaltigen Lautstärke wie ein Kriegsruf an.

Diesen würdigen Verlauf der Trauerfeier musste Siggi Schmitz nicht lesen, über ihn berichtete Jörn Möller persönlich und ließ keine Wichtigkeit aus. Sein Bericht war eine wohltuende Unterbrechung der vielen Sorgen, die Siggi bewegten.

In der Kölner Rockerszene war der Bär los!

IN KÖLN WERDEN VERBOTE VON ROCKERCLUBS ANGEORDNET

Stephan Rubach hatte bei den Red Devils ein Schreckensregiment geführt. Er besaß eine hohe kriminelle Energie. Schwerer Menschenhandel, speziell Frauenhandel, gefährliche Körperverletzung und Prostitution waren seine Spezialitäten. Er vergewaltigte junge Frauen auf alle denkbaren erniedrigenden Arten und Weisen, um, wie er meinte, sie für den Beruf als Prostituierte fit zu machen.

Wurde er einer Straftat beschuldigt, war seine Entschuldigung immer ähnlich: »Ich habe nichts Böses getan. Alles erfolgte einvernehmlich. Die Kleine ist doch eine >Mama, eine leicht verfügbare Frau«, oder: »Die Kleine wollte doch wirklich von mir wissen, was impotent ist.«

Seine Sprache war bewusst martialisch. Wenn ein anderer Rocker zum Beispiel die Braut auf seinem Rücksitz nur länger betrachtete, traf ihn sein bohrender Blick mit Wut im Bauch und Rubach zischte gefährlich: »Sie ist zwar nicht meine Old Lady, aber zurzeit mein neuer Back-Warmer und ziert meinen Soziussitz. Denk nicht einmal nur daran, sie anzufassen. Wenn du nicht tust, was ich sage, dann muss ich dir einen Holzpyjama anpassen.« Verächtlich pisste er ihm vor die Füße und meinte grinsend: »Ein Mann muss tun, was eine Frau nicht tut.«

Fremde Bräute beleidigte er hingegen mit Sätzen wie
»Die Lady ist so prickelnd wie Krim-Sekt ohne Kohlensäure.«

Er stritt alle seine kriminellen Machenschaften bis zuletzt ab. Doch die Polizeiakten sprachen eine andere Sprache.

Aus Wut darüber ließ er Autobomben unter Polizeifahrzeugen hochgehen. Eine Videokamera an der Hauswand hielt die Täter fest, und eine Sprachnachricht auf dem Smartphone von einem der Kerle enthielt den Befehl von Rubach zur Ausführung der Tat. Damit konnte man gegen ihn ein Verfahren eröffnen.

Siggi kommentierte das auf seine trockene, aber treffende Art und Weise: »Allzu große Pläne führen zu herben Rückschlägen.«

Aber Stephan Rubach blieb sich treu. Wenn es schlimm kam, bewertete man die Bombenexplosion unter dem Wagen als Anstiftung zum Mord, denn es war nicht auszuschließen gewesen, dass ein Beamter zu diesem Zeitpunkt in die Nähe des Streifenwagens kam. Ein getürktes Alibi wackelte schon beim Hingucken, erkannte er. Die Straftat konnte viele Jahre »gesiebte Fenster« bedeuten, und das wollte er sich nicht antun. Als man ihn abholen wollte, flüchtete er mit seiner 178-PS-Maschine. Er tat das so gründlich, dass er die Kontrolle über das Motorrad verlor und gegen einen Baum prallte.

Er war sofort tot.

Die schlimmen Spuren von Kriminalität, die Rubach hinterließ, waren bald nicht mehr zu übersehen und lösten in Köln eine wahre Rocker-Razzia aus. Die traf natürlich auch die Angels, deren Supporter die Red Devils waren. Bald wurde auch ihr Chapter in Köln vom Bundeskriminalamt beobachtet.

Das traf Siggi Schmitz hart. Er hatte sich doch immer vorbehalten, straffällig gewordene Mitglieder auszuschließen, damit der Club sauber blieb. Er wollte doch nur eine eingeschworene Bruderschaft mit Lust auf Motorradfahren führen. Am liebsten sah er zufriedene, motorradfahrende Rowdies und nicht die Outlaw-Biker-Bewegung, die jetzt im Vormarsch war. Das waren keine Old Schooler. Die protzten vielmehr mit der Zugehörigkeit zu einer Hardcore-Elite.

Siggis strikte, hochreglementierte Kollektivzwänge funktionierten plötzlich nicht mehr. Am Schluss resignierte er vor dem enormen Druck des Bösen. Seine strenge Organisation hielt den feindseligen Umweltbedingungen auf Dauer nicht stand. Siggi Schmitz ahnte schicksalsergeben, wie schnell sich die lieb gewonnenen Brüder in der Ferne zerstreuen würden.

Jörn Möller meldete sich für den Fall eines Verbotes mit Trauer in den Augen nach Hamburg ab, wo er in dem dortigen Chapter eine ähnliche Bruderschaft wie in Köln erhoffte.

Siggi Schmitz erklärte ihm im Vertrauen:

»Wir werden auch nicht sang- und klanglos verschwinden.« Zunächst werden wir wohl in kleinen Gruppierungen ganz ohne Clubhaus weitermachen. Man muss schauen, was jetzt passiert. Die Polizei wird zunächst eine total repressive Linie fahren. Wenn der Druck unter dem Deckel wieder weniger wird, werden wir wahrscheinlich als neues Chapter auferstehen. Mir jedenfalls werden sie kaum etwas nachweisen können.

Die Red Devils werden eher zu einer schmutzigen Straßengang mutieren, oft sogar ohne Motorrad.

Mit denen will ich nichts mehr zu tun haben.

Wir beiden sollten auf jeden Fall in Kontakt bleiben.«

Jörn Möller nickte mit einem kleinen Lächeln und meinte: »Dann bist du wenigstens Bernd Stelter los.«

Die nachweisliche Verbindung zwischen den Red Devils und den Hells Angels genügte, einen Hausdurchsuchungsbefehl für das Clubhaus zu bekommen. Die Beamten waren vorher nochmals besonders geschult worden, Verstecke aufzuspüren. So hielt man sie an, verbotene Dinge besonders in Hundezwingern sowie sonstigen Tiergehegen zu suchen.

Jeder Gartenteich war ein beliebtes Versteck. Waffen in Plastiktüten unter dem Rasen hatte es auch schon mehrfach gegeben. Ein Klavier oder eine Kühltruhe eigneten sich genauso wie ein Versteck unter altem Trödel in Umzugskartons auf dem Dachboden. Für kriminelle Fantasie gab es keine Grenzen.

Siggi war nur mit drei Mann im Haus, als sie kamen. Sie fuhren in großer Besetzung vor. Der Rocker-Präsident murmelte verächtlich in seinen Bart: »Zwei Mann sind für die ein paar, aber drei schon eine bedrohliche Masse.«

Waffen hatten sie für den Ernstfall, der nie kommen sollte, tief unter dem Rasen versteckt, damit sie nicht vorschnell zum Einsatz kamen. Dort wurden die geschulten Beamten nun fündig. Eine Menge Waffen kamen zutage:

Gewehre und Pistolen mit reichlich Munition, Samuraischwerter, auch Macheten, Klappmesser, Morgensterne, Schlagstöcke, Baseballschläger und einiges mehr.

Das Schlimmste war für Siggi jedoch, als der Schriftzug Hells Angels MC Cologne an der Mauer des Clubhauses mit weißer Farbe überpinselt wurde. Er konnte diese Schmach kaum ertragen. Das respektlose Übermalen läutete das Ende ihres Chapters ein. Wenig später kam dann das formale Ende.

Das nordrhein-westfälische Innenministerium verbot den Club. Der Vorwurf lautete: illegaler Waffenbesitz zur Bedrohung, Gewaltausübung und Durchsetzung von Gebiets- und Machtansprüchen. Das war, so ihr Anwalt, Grund genug für das Verbot. Siggi würde nie vergessen, wie der das in ihrer Krisensitzung erklärt hat: »Euer Club wird nach deutschem Vereinsrecht behandelt, auch wenn ihr euch nicht so fühlt.« Die vorgelegten Begründungen genügten, eine Verbotsverfügung nach § 3 Abs. I Vereinsgesetz auszusprechen.

»HUMMEL, HUMMEL!« – »MORS, MORS!«

Jörn Möller hatte auf seiner Harley schon einige Staus erfolgreich umschifft und näherte sich zügig der Hansestadt. Seine Maschine vibrierte unter dem Sattel, er fühlte sich wohl. Er sah Hamburg erwartungsfroh entgegen. Voller Lust schrie er den Hamburger-Gruß in die Verkehrsgeräusche um sich herum: »Hummel, Hummel! – Mors, Mors!«

Schon in der Volksschule hatte man ihn mit der Geschichte dazu zum Hanseaten gemacht.

Straßenjungen in der Neustadt wurde zugeschrieben, dem missmutigen Wasserträger Benz, der unter seiner schweren Arbeit ächzte, den Spitznamen Hummel, Hummel hinterhergerufen zu haben, wobei sie ihm ihre blanken Hintern entgegenstreckten. Die Antwort von Benz kam grimmig und schnell mit erbostem Gesichtsausdruck.

Sein »Mors, Mors«, die plattdeutsche Variante für Hintern, bedeutete verkürzt: »Ihr könnt mich am Arsch lecken.«

Ihr Klassenlehrer hatte sie mit einem kleinen Ausflug zur Hausecke Breiter Gang/ Rademachergang geführt. Dort stand vom Künstler Richard Kuöhl 1938 gestaltet ein Denkmal zu Ehren des Hamburger Grußes. An besagter Hausecke streckte aus dem Stein gehauen ein Straßenkind dem Wasserträger seinen blanken Hintern entgegen.

Der Hamburger Gruß war Jörn Möller immer wieder auf seinem Lebensweg begegnet. Am eindrücklichsten war für ihn der Hummelruf der Hamburger Band Fettes Brot, der ihm stets bei Heimweh in den Sinn kam. Der Text ihres Songs Nordish by Nature war ihm im Gedächtnis geblieben, und er sang nun einige Worte davon in den Wind:

»Een, twej, een twej, drej.
Sech mol ›hey‹. Sech mol ›hoo‹.
Dat is Fettes Brot op Platt inne Disco.
Jo ick bün de Jung achtern Plattenspeeler
Un so deel ick op as Störtebeker sine Likedeeler.
Dor is for jeden wat dorbi wat ik speel.
Bi uns in Norden heet dat nich ›Disco‹, sondern ›Dans op de Deel‹.
Ik krakehl veel Platt in dat Mikrofon
Büst nich ut'n Norden is dat schwer to verstohn.
Wohn' anne Waterkant dohn wi all
Un da schnackt man nu ma so,
Hör mal 'n beeten to.
›Hummel, Hummel!‹ – ›Mors, Mors!‹ Ick bün Ruut, de Schippmeester,
Bün as de annern Nordish by Nature.«

Auf Hochdeutsch:

»Eins zwei, eins zwei drei.
Sechsmal hey, sechsmal hoo.
Das ist Fettes Brot auf Platt in der Disco.
Ja ich bin der Junge hinterm Plattenspieler
und teile, wie Störtebeker mit seinen Piraten.
Da ist für jeden etwas dabei, was ich spiele.
Bei uns im Norden heißt das nicht Disco, sondern Tanz auf dem Boden.
Ich schreie viel Platt in das Mikrofon.
Wenn du nicht aus dem Norden bist, ist das schwer zu verstehen.
Wir wohnen alle an der Waterkant.
Und da spricht man nun mal so.
Hört mal ein bisschen zu.
Hummel, Hummel! Mors, Mors! Ich bin Ruut der Schiffmeister.
Ich bin wie die anderen von Natur aus ein Nordländer.«

EIN GUTER EMPFANG IN DER HANSESTADT

Jörn Möller befand sich mittlerweile 40 Kilometer vor der Stadtgrenze. Ein leichter Nieselregen hatte eingesetzt.
Möller verschärfte sein Tempo und scherte sich nicht um die Tempolimits auf den Verkehrsschildern. Er wollte möglichst trocken an sein Ziel kommen.

Er hatte vor, zunächst zum Club-Heim der Angels in Hamburg-Billstedt zu fahren. Er erhoffte sich bei diesen Brüdern Unterstützung bei der Beschaffung einer Arbeitsstelle und einer Wohnung. Jörn musste schnell fündig werden.
Seine Ersparnisse waren bescheiden, er brauchte eine günstige Bude und schnell wieder festen Lohn. Dabei war er sich im Klaren, dass seine bisherige Vita am ehesten eine Anstellung in typischen Rockerberufen ermöglichte.
Jörn dachte an Türsteher, Securityman und Ähnliches.

Das Clubhaus Place lag im Everlingweg. Nachdem die Hells Angels Hamburg verboten worden waren, hatten sie die Bikers-Beer- and Rock 'n' Roll-Bar zu ihrem heimlichen Sitz gemacht.

1983 erging bereits von der Innenbehörde gegen ihre Vereinigung ein Verbot. Das Bundesverwaltungsgericht bestätigte es 1988 nochmals.

In der Bikers-Beer- und Rock 'n' Roll-Bar wurde ein Lokal geführt, es gab gelegentlich Livemusik, speziell Rock 'n' Roll. Essen und Getränke waren gut und wurden zu fairen Preisen angeboten.

Jörn Möller musste grinsen, als er die Empfehlung im Internet gelesen hatte, man solle sich nicht von den vielen tätowierten Motorradfahrern abschrecken lassen. Das wären durch die Bank ordentliche Leute, mit denen man Spaß haben konnte. Vielleicht würde er dort schon am heutigen Abend mit neuen Freunden seinen Einstand feiern.

In der Bar war noch wenig los, als Jörn Möller gegen 18:00 Uhr ankam. Man hatte gerade geöffnet. Doch die Musik tönte schon recht laut. Es war gute Rockmusik, wenngleich Möller Jazz bevorzugte.

Das Gebäude wirkte von außen wie ein Einfamilienhaus mit einem Dachgeschoss, das steil mit Ziegeln eingedeckt war. An der vorderen Stirnseite war eine größere Eingangspforte, darüber, in etwa so breit wie der Eingang selbst, befand sich ein Schild mit der Aufschrift »PLACE Hamburg«. Hinter der zweiten Stirnseite wucherte Buschwerk mit einzelnen Bäumen durchsetzt.

An die Seiten hatte man in leichter Bauweise flachere Großräume angebaut. Sie boten offensichtlich Raum für größeren Besucherandrang.

Ob sich hinter ihnen noch weitere Gebäudeteile befanden, blieb den Augen von vorne verborgen.

Jörn Möller schlängelte sich zu einem Kellner durch.
Er fragte ihn freundlich nach einem Mitglied der Hells Angels. Der Mann antwortete mit einer Gegenfrage:
»Steht der große BMW 7 noch vor der Tür?«
Möller erinnerte sich sofort an das Geschoss in Metallicblau mit den mächtigen Zierfelgen. Er nickte.
»Dann ist Erkan Celik hinten in der Wohnung. Er gehört zum Vorstand. Du musst draußen links bis zum Anbau gehen. Dahinter findest du seine Bleibe.«
Jörn Möller bedankte sich und folgte der Wegbeschreibung.
In ihm wuchsen erste Befürchtungen, ob der Club für ihn ein gutes, neues Zuhause würde. Hier häuften sich anscheinend Elemente, die Siggi Schmitz und er am heutigen Rockerleben verabscheuten: Im Vorstand war ein Türke, und der war kein echter Biker, sondern fuhr einen Protzschlitten.

An der Eingangstür zum Anbau hinter dem Place Hamburg fand Möller einen Klingelknopf ohne Namensschild.
Er drückte drauf. Bald hörte er innen Schritte, die sich der Haustür näherten. Die Tür ging auf und ein grobknochiger Mann, der Möller einen halben Kopf überragte, stand ihm gegenüber und sah ihn mit dunklen Augen fragend an.

»Bist du Erkan Celik?«, fragte Möller freundlich.

»Wer will das wissen?«
Jörn Möller nahm das als ein Ja und gab zugleich die Antwort auf die Frage:
»Mein Name ist Jörn Möller. Ich bin ein Bruder aus dem Kölner Chapter der Angels, das gerade geschlossen wurde. Danach hat mich das Heimweh in meine Geburtsstadt zurückgetrieben. Nun suche ich Anschluss bei euch.«

Das Gesicht von Celik wurde zusehends freundlicher.
Der Mann fuhr mit seiner Rechten kurz durch sein dunkles Haupthaar, dann zeigte er mit ihr hinter sich und meinte: »Willkommen, das ist ein schöner Besuch, komm rein, wir sollten uns etwas Zeit nehmen, uns kennenzulernen.«

Er führte Möller in ein Wohnzimmer. Der Raum ließ seine Leidenschaften erkennen. Diverse Rockerfotos waren um eine Angels-Kutte herum an der Wand drapiert. Das Club-Logo wirkte auf der Kutte wie ein Personalausweis.
Ein Modell von einem Flathead, einem Harley-Davidson-Motor, stand auf dem Sideboard. Celik wies auf einen Sessel am Couchtisch und forderte Möller auf, sich zu setzen.
»Magst du ein Holsten?«, schob er nach.
Jörn Möller bekräftigte sein Nicken mit dem Satz:
»Ja gerne, das schmeckt nach Heimat und tut nach der langen Fahrt bestimmt gut.«

»Wie geht es Siggi, eurem Präsidenten? Ich habe ihn bei einem Treffen in Frankfurt kennengelernt. Was macht er nun nach dem Verbot?«
Celik hatte beschlossen, Einzelheiten abzufragen, um sicherzugehen, dass alles seine Richtigkeit hatte.
Jörn Möller antwortete offen und sehr präzis:
»Natürlich ist er nicht bester Stimmung, aber er ist fit und wird nicht so schnell aufgeben. Er will mit den örtlichen Brüdern zunächst ohne neues Clubhaus auskommen und sich stattdessen überall in Nordrhein-Westfalen mit Aktionen im Gespräch halten. So will er abwarten, wie die Behörden sich weiter verhalten. Aber sagt mir, ihr habt doch ein ähnliches Problem. Euer Chapter ist doch schon länger verboten. Wieso kannst du hier so offen wohnen und das Ganze als Clubhaus betrachten?«

»Wir haben entschieden, trotz des Verbots, ein Clubhaus als zentrale Anlaufstelle zu behalten und uns regelmäßig zu treffen. Ein Verbot unserer Vereinigung bedeutet rechtlich nicht, dass wir nicht mehr existieren und uns treffen dürfen. Die Polizei kann natürlich gegen jeden von uns vorgehen, wenn sie einen begründeten Verdacht hegt. Das ist auch schon öfters geschehen.«

Jörn Möller war sehr erstaunt, so hatte er das ausgesprochene Verbot bisher nie gesehen. »Habt ihr denn im Moment Ruhe?«, hakte er nach.

»Das kann man eigentlich nicht sagen. Wir haben leider unter den Hamburger MCs gewichtige Feinde, die unsere Vorherrschaft zerstören wollen. Die suchen nun besonders gerne Streit. Auf solche Fehden reagiert die Polizei aber allergisch.«

»In welchen Bereichen spielen sich denn diese Streitigkeiten ab?«

»Nun, der Kiez zum Beispiel gilt als Hells-Angels-Gebiet.

Hier versuchen zurzeit die Mongols und Bandidos, unsere Vorherrschaft zu brechen. Das nehmen wir natürlich nicht hin. Wenn wir zur Sache gehen, antwortet die Polizei sofort mit Razzien. Gerade vor Kurzem haben die beiden Clubs auf der Reeperbahn ein ›Schaulaufen‹ veranstaltet.

Sie posierten in großer Zahl auf ihren schweren Maschinen oder in Luxusschlitten und den Kutten ihrer Charter.

Das Ganze sollte ein Nachweis ihrer Stärke sein. Anders als früher provoziert man sich übrigens untereinander auch schon im Internet.

Die Polizei griff frühzeitig ein und verhinderte so eine kriegerische Auseinandersetzung. Aber unter der Oberfläche glimmt der Hass gegeneinander weiter.«

Erkan Celik legte eine kurze Redepause ein, doch bevor Jörn Möller sich zu Wort melden konnte, wartete er mit einem weiteren Fragenkatalog auf:

»Langsam nimmt unser Kennenlernen Formen an, doch einige Fragen habe ich noch an dich: Was hattest du für eine Funktion im Charter in Köln?

Wann warst du das letzte Mal in der Hansestadt?

Last, but not least: Was hast du hier vor? «

Jörn Möller grinste ihn an.

»Du willst mich wohl gänzlich durchleuchten. Aber gut, ich habe nichts zu verbergen. In der letzten Zeit hatte ich im Charter die Rolle des Roadcaptain inne. Ich habe insbesondere die Exkursionen unserer Youngster angeführt, unter anderem bei Blood-Rallyes.«

Celik nickte anerkennend. »Das ist eine wichtige Position. Bei uns entscheidet darüber natürlich der Boss, aber ich bin sicher, wir können dir in diesem Bereich ebenfalls eine Aufgabe übertragen. Unser Präsident heißt Kalle Torf und ist ein Typ wie Siggi Schmitz, nun kannst du ihn dir schon ein bisschen vorstellen.«

»Wann ich das letzte Mal in Hamburg war, werde ich nie vergessen. Ich war kürzlich auf der Beerdigung des Frankfurter Angels Pitt Schäfer, einem Hamburger Jung.
Er liegt jetzt auf dem Ohlsdorfer Friedhof.«

»Bei der Beerdigung war ich auch, aber du bist mir nicht aufgefallen«, fiel ihm Celik ins Wort.
»Das ist mehr als verständlich. Bei der großen Zahl von Trauernden konnte dir mein Gesicht kaum in Erinnerung bleiben. Das wäre schon ein Wunder.«
Celik lachte über diese klare Ansage.
Jörn Möller fuhr ruhig fort, denn jetzt kam er auf die Punkte zu sprechen, die für ihn die wichtigsten waren:
»Was ich hier will, ist schnell gesagt. Ich will mich für länger hier niederlassen. Dazu brauche ich möglichst bald eine Beschäftigung mit hinreichender Bezahlung. Ich habe nämlich kaum Reserven. Natürlich brauche ich auch eine neue Bleibe. Ehrlich gesagt, ich hoffe, dass ihr mir dabei behilflich sein könnt.«
Er schaute den Türken fragend an.
Der mochte Möllers direkte Art und brachte das mit seinen Antworten zum Ausdruck: »Wie ich schon sagte, auf dem Kiez haben wir eine Vormachtstellung. Dort können wir dir ohne Weiteres einen gut bezahlten Job beschaffen. Ich selbst kann dir jetzt schon einen als Securityman im Pink Palace Sex-House versprechen. Das ist eins der bestgeführtesten Bordelle auf der Reeperbahn. Es hat allerdings eine bewegte Vergangenheit.«
»Die interessiert mich sehr«, erwiderte Möller.

»Na dann: Um 1967 eröffnete der ›König von St. Pauli‹ Willi Bartels das Eroscenter zum ersten Mal an diesem Platz.
Das Laufhaus firmierte danach mehrfach um.

Der Verdacht auf Steuerhinterziehung und Schießereien sowie groß angelegte Razzien durch Polizei, Steuerfahndung und Zoll haben das Vorgängerunternehmen endgültig schließen lassen. In solchen komplexen Fällen fährt die staatliche Gewalt stets alle Geschütze gleichzeitig auf.

Die Staatsgewalt setzte sich hart durch und vermied eine längere kriegerische Auseinandersetzung mit den Kriminellen.

Aber unter der Oberfläche glomm der Hass zwischen beiden Seiten weiter.

Die letzte Umfirmierung zum heutigen Pink Palace Sex-House erfolgte 2015. Das Etablissement hat sich seitdem gut gehalten.

Zu einer Anstellungsmöglichkeit für dich im Pink Palace ist zu sagen: Du darfst natürlich bei einem Job im Bordell nicht zimperlich sein, aber normalerweise läuft mit einer ordentlichen Drohkulisse dort alles schnell wieder glatt.

Es gibt auch Anstellungen als Türsteher, da kannst du aber nur mit gefährlichen Nebengeschäften reich werden. Davon möchte ich dir als Bruder abraten. Die Polente ist hinter Dealern besonders scharf her. Wenn du einmal erwischt wirst, hast du für immer ein Stigma.«

»Das überzeugt mich. Ich würde es gerne im Pink Palace Sex-House versuchen. Ich kann so schnell als möglich anfangen.«

»Fürs Erste könntest du hier mit in der Wohnung pennen.

Ich habe hinten noch ein Zimmer zur Verfügung. Das kann aber keine Dauerlösung sein. Ich bin gern allein und brauche das Zimmer für wechselnde Gäste. Aber in unserer Community lässt sich immer eine freie Bude finden. Bis dahin bist du willkommen. So, jetzt haben wir genug getratscht, fast schon wie Weiber. Wenn du keine Fragen mehr hast, sollten wir essen gehen. Ich möchte dich dazu einladen. Wir sollten hier in der Bar bleiben. Mir zuliebe machen die herrliche Steaks, blutig, medium-rare oder well-done. Das kannst du dir selbst aussuchen, natürlich auch das Gewicht.«

Jörn Möller stimmte freudig zu. »Ich glaube, wir haben viele Gemeinsamkeiten. Das kann der Beginn einer guten Freundschaft werden. Ich fühle mich jetzt schon gut angekommen.«

Sie machten sich auf den Weg in die Bar, deren Tische inzwischen gut gefüllt waren. Die Musik war nicht leiser geworden. Zu weiteren guten Gesprächen würde es bei diesem Schallpegel kaum kommen, aber ein gutes Essen und ein perfekt gezapftes Pils hatten auch seinen Reiz.

Ohne eine Bestellung brachte der Kellner zwei Holsten mit einer schönen Schaumhaube in leicht beschlagenen Gläsern an ihren Tisch. Das Bier war herrlich gekühlt. Die beiden Männer wollten es nicht warm werden lassen. Sie hoben die Gläser und prosteten sich zu.

Der Kellner blieb Teil der Zeremonie, denn er musste noch eine Frage loswerden: »Guten Abend Erkan, heute Abend ist dein Steaktag. Nimmt dein Gast das Gleiche, 350 Gramm medium-rare mit Fritten?«

Jörn Möller gab ihm die Antwort: »Nur fast das Gleiche, ich möchte das Fleisch lieber well-done.«

Erkan lachte verächtlich: »Kannst du kein Blut sehen, Bruder?« Er wurde wieder ernst und dozierte: »Sie machen hier alles nach meinen Vorgaben. Das Fleisch wird mindestens 30 Minuten vor dem Braten aus dem Kühlschrank geholt, damit es Zimmertemperatur erreicht. Dann wird es mit Küchenkrepp abgetupft, um unnötige Feuchtigkeit zu entfernen. Da ich immer Rumpsteaks nehme, muss vor dem Braten der Fettrand eingeschnitten werden, damit sich das Fleisch nicht in der Pfanne wellt. Die Pfanne muss etwa 180 Grad heiß sein, bevor man die Fleischscheiben hineinlegt. Sie dürfen nur gewendet werden, wenn sie sich leicht vom Pfannenboden lösen lassen. Beim Wenden darfst du niemals mit der Gabel hineinstechen, dadurch ginge wertvoller Fleischsaft verloren. Die Steaks werden sowieso nur kurz angebraten und danach im Ofen bei 90 bis 95 Grad nachgegart. Ein perfektes Steak erhält dann vor dem Servieren noch eine Ruhezeit von ein bis zwei Minuten. So, das sind meine Regeln. Ich bin gespannt auf dein Urteil.«

»Wenn man sich so intensiv mit seinem Essen beschäftigt, dann muss es gut werden«, antwortete ihm Jörn mit großer Bewunderung in seiner Stimme.

Die Musik nahmen sie trotz ihrer Lautstärke nur im Hintergrund wahr. Erst als der Titel Hound Dog von Elvis Presley erklang, hörten sie beide begeistert zu. Sie mochten den Kerl, den man liebevoll seiner Stimme wegen den »weißen Schwarzen« nannte.

Erkan zeigte sich auch sonst als Kenner: »Der Titel ist ziemlich zweideutig. Er kann einfach Jagdhund bedeuten, steht aber auch im Slang für einen Frauenhelden.

Bist du einer?«, wollte er von Jörn wissen. Die Abfrage hatte also immer noch kein Ende gefunden.

Das Essen mundete wunderbar. Noch einige Biere liefen durch ihre Kehlen. Trotz der guten Stimmung und dem Einklang in den Meinungen wurde der Abend nicht allzu lang. Jörn Möller war müde von der langen Fahrt und sein Gastgeber hatte am nächsten Tag viel zu erledigen.

JÖRN MÖLLER FINDET EINE ANSTELLUNG, EINE WOHNUNG UND ANSCHLUSS

Sie zogen sich zufrieden in die Wohnung zurück. Erkan zeigte seinem neuen Freund das Zimmer. Das Bett war gemacht und rief förmlich nach ihm. Nach einem warmen Dankeschön und einem Klaps auf die Schulter brauchte er nicht mehr lange bis ins Reich der Träume. Hamburg konnte kommen.

Jörn Möller wachte früh am Morgen auf. Er lauschte kurz ins Dunkle, doch es war alles noch ruhig. Da entschloss er sich, mit seinem üblichen Frühsport in den Tag zu starten. Er begann mit 40 Liegestützen. 50 Kniebeugen folgten. Dann machte er mehrere Dehnübungen und stand auf jedem Bein für circa eine Minute mit geschlossenen Augen, ohne ins Wanken zu geraten. Mit Drehbewegungen löste er seine Schultergelenke und kreiste mit den Armen und den Hüften. Erkan hatte ihm das Badezimmer gezeigt. Dort ging er nun leise hin, um sich frisch zu machen. Er wollte bereit sein, sollte sein Gastgeber vor seinem eigenen Termin willens sein, ihn bei der vorgesehenen Arbeitsstelle im Eroscenter unterzubringen.

Er hatte dem Türken Unrecht getan, der schlief gar nicht mehr. Der Schlüssel drehte sich im Türschloss, und Erkan kam nassgeschwitzt herein. Er hatte draußen im Gelände eine längere Runde gedreht und wollte nun ausgepowert unter die Dusche.
»Gleich gehen wir in der Bar frühstücken, dann fahren wir zu deinem neuen Arbeitsplatz«, rief er nach einigen Begrüßungsfloskeln. Er wollte scheint's so schwitzig keine längere Unterhaltung führen. Jörn wartete im Sessel, auf dem er die erste Aussprache hatte, auf ihn. Er war gut gelaunt, denn alles schien in seinem Sinne zu laufen.
Als Erkan zu ihm stieß, sah der fit und unternehmungslustig aus.
»Die Biere von gestern Abend mussten abgearbeitet werden«, sagte er mit einem breiten Grinsen.
»Ich habe meine Strafarbeiten auch schon hinter mir«, antwortete Jörn.

»Das ist gut so. Dann haben wir uns ja beide ein gutes Frühstück verdient. Ich genieße es, am Morgen immer freundlich bedient zu werden. Das ist der richtige Einstieg in einen erfolgreichen Tag.«

Der Kaffee duftete herrlich. Unaufgefordert brachte man ihnen zwei riesige Portionen Rührei mit Schinken, frische Körnerbrötchen und jedem ein Fruchtjoghurt. Sie ließen es sich schmecken. Erkan nutzte die Zeit für erste Regieanweisungen: »Du fährst mit deiner Harley hinter mir her. Im Center lässt du erst mal nur mich sprechen. Ich werde denen schon klarmachen, was zu tun ist. Beschränke dich auf Fakten: Wer du bist, wo du herkommst, was du vorhast. Keine Anbiederung! Wenn wir gehen, hast du deine Anstellung, versprochen. Und heute Abend bist du spätestens um 19:00 Uhr im Club. Dann wird nämlich der Präsident da sein, und wir können mit ihm über deine Stellung im Chapter sprechen. Es bleibt dabei, dass wir für dich zunächst den Status des Roadcaptain anpeilen?«

Er sah Möller fragend an, und der nickte. Die Schnelligkeit, mit der hier Entscheidungen getroffen wurden, war enorm, aber sie gefiel ihm.

Gegen 9:30 Uhr parkten sie hinter dem Eroscenter. Dass Erkan hier eine große Nummer war, merkte man sofort. Alle, die sie trafen, grüßten ihn sichtlich mit großem Respekt. Möller erkannte schnell, dass sie auf dem Weg in die Verwaltungsräume waren. Eine üppige, blonde Sekretärin übernahm es geflissentlich, sie bei ihrem Chef anzumelden. Sie mussten nicht lange warten. Fred Schorn, ein hagerer Endvierziger, empfing sie, musterte Möller und meinte zu
Erkan nach einem kurzen Hallo:
»Na, hast du wieder eine wertvolle Verstärkung für uns? Die können wir gebrauchen. Die Zeiten sind höchst unsicher.« Schorn steckte sich eine Zigarette an, während er auf Erkans Antwort wartete.

Die kam prompt:
»Du hättest auch Hellseher werden können. Ich möchte, dass Herr Möller eine Festanstellung als Securityman erhält, ein Topgehalt und weitgehende Entscheidungsvollmachten. Probleme werden gegebenenfalls mit mir besprochen.«
»Wer redet denn von Problemen. Wir sind doch alle dafür gut, Probleme zu verhindern.«

»So machen wir das.«

»Wo kommst du her, Möller?«

»Aus Köln, aber ich bin Hamburger. Ich kam gestern zurück in meine Geburtsstadt«, erwiderte Möller knapp.

»Dann kennst du dich ja aus, dann kann ja nichts schiefgehen«, unterbrach ihn Schorn.

Er wandte sich an Erkan:

»Lass uns mal machen. Ich erledige mit Möller den ganzen Papierkram, ganz in deinem Sinne, versteht sich. Dann weise ich ihn in unser Sündenbabel ein. Okay?«

Erkan knurrte zustimmend.

»Das kommt mir zupass. Ich werde schon an anderer Stelle erwartet.«

Erkan klopfte zum Abschied zweimal mit der Faust auf den Tisch, dann war er aus der Tür.

Der Papierkram bestand in der Ausfertigung eines Arbeitsvertrags ohne Probezeit. Das Anfangsgehalt betrug 14 Monatsgehälter à 2500 Euro. Jörn Möller glaubte zu träumen. Dann machte er sich mit Schorn auf den Weg in den Vergnügungsbereich, der in rosa Licht getaucht war. Schorn begann mit ersten Erklärungen:

»Wir sind nun im Kontaktbereich. Unsere Mädchen lernen dich mit der Zeit schon kennen. Zunächst weist du dich einfach mit dieser Security-Karte aus.« Er hielt sie Möller hin. »Die Damen haben in ihren Zimmern allesamt verborgene Alarmknöpfe. Die benutzen sie, wenn einer der Freier übergriffig wird, nicht im Voraus bezahlen will oder sie misshandelt. Dann leuchtet auf deinem Display die Zimmernummer auf, und du gehst zur Sache. Gleich kriegst du von mir noch einen Schlagstock und einen Schlagring. Damit viel Erfolg und einen möglichst ruhigen Tag.«

Jan Möller sah auf den Fluren manches leicht beschürzte Mädchen. Auch er wurde interessiert beäugt. So manche Anmache erlebte er auf seinem Rundgang:

»Hallo, ein neuer Beschützer, gut siehst du aus.«

»Wenn du Probleme hast, kannst du gerne zu mir kommen«, war die Kesseste davon. Möller musste schmunzeln. Das ging ja gut los.

Bis zum frühen Nachmittag blieb alles gesittet und ruhig.

Er hatte schon öfter auf das Display geschaut, aber ein Alarmruf war ausgeblieben.

Gegen 15:30 Uhr tönte es dann erstmals, und auf dem Gerät erschien die Nummer 121. Er musste einen Stock höher und eilte zur Treppe. Bevor er die Zimmertür öffnete, löste er die Schlaufe des Schlagstocks. Zum Gebrauch musste er ihn nun nur noch aus der Öse ziehen. Doch das war für ihn nur die zweite Option. Er wollte zunächst einen friedlichen Weg versuchen und auf jeden Fall eine Eskalation vermeiden.

Möller hatte sich für den richtigen Weg entschieden. Ein etwa 30-jähriger Mann stand in Unterhose vor dem Bett und versuchte, die Zimmerbewohnerin am linken Fuß zu sich hinzuziehen. Sie wehrte sich mit Tritten gegen seine Hände und rutschte immer wieder weiter von ihm fort. So machte sie seinen Angriffserfolg zunichte. Der Mann hatte einen knallroten Kopf und spuckte giftige Flüche aus: »Komm her du Schlampe«, war noch der Züchtigste. Die sonore Stimme von Jörn gebot ihm Einhalt, und das zeigte Wirkung. Der Kerl drehte sich zu Möller um und ließ dabei den Fuß der Nutte los. Die kroch schnell in die äußerste Ecke des Bettes und sah sich nun das Spektakel mit großen Augen an. Sie hatte mit der Zeit gelernt, sich an Gerangel möglichst wenig zu beteiligen.

Ein unversehrter Körper war für sie Geld wert. Der Blick des Freiers war unstet, fast ein wenig irre. Trotzdem glaubte Möller zu erkennen, dass er zu feige war, sich mit ihm anzulegen. Den Schlagstock würde er nicht brauchen. Die Wut des Mannes fiel in sich zusammen. Möller machte einige Bilder von ihm mit dem Handy und hieß ihn, sich anzuziehen. Er prüfte, ob der Freier keine Waffe bei sich hatte. Dann packte er ihn fest am Arm und zog ihn auf den Flur. Sie trafen dort auf einige weitere Liebesdamen, die das Vorgehen von Möller aufmerksam verfolgten. Aus der Ecke des Zimmers ertönte ein lauter Ruf: »Danke für deine Hilfe. Du warst wirklich gut. Mit dir fühlt man sich sicher.«

Die anderen Frauen johlten dazu anerkennend. Eine Farbige wagte sich sogar, den gebändigten Freier anzuspucken.

Jörn Möller blieb bei seiner Aktion stumm und behielt einen völlig unbewegten Gesichtsausdruck. Das machte einen äußerst coolen Eindruck. Der Freier wurde dann mit einem Tritt in den Hintern und dem Satz »Ab jetzt hast du Hausverbot« vor die Tür expediert.

Bis Möller gegen 17:00 Uhr das gastliche Haus verließ, ereignete sich nichts Besonderes mehr. Er war mit dem Verlauf des bisherigen Tages mehr als zufrieden und fuhr nun das Clubhaus an. Hoffentlich verlief die Besprechung mit dem Präsidenten genauso erfolgreich.

Als Erkan ihn dem Präsidenten Kalle Torf vorstellte, sah Möller die von ihm abgegebene Personenbeschreibung bestätigt. Auch ihn erinnerte Torf vom Typ her an Siggi. Als der zu sprechen begann, festigte sich dieser Eindruck:
»Wenn du bei Siggi warst, bist du durch eine gute Schule gegangen. Das gefällt mir. Ich hoffe nur, du bist nicht wegen Meinungsverschiedenheiten von Köln fort?«
Diese Frage überraschte Jörn Möller, doch er fing sich schnell und antwortete abrupt: »Ganz im Gegenteil! Ich ging mit einer Träne im Auge bei bestem Einvernehmen. Ich wollte nur dort ohne Clubhaus nicht weiter agieren. Siggi hatte dafür größtes Verständnis, auch dafür, dass ich wieder nach Hamburg wollte. Er riet mir zur Kontaktaufnahme mit euch. Ich soll dich herzlich grüßen.«

»Ja, so ist Siggi. Er kümmert sich um seine Männer bis zuletzt. Übrigens, das mit der Blutrallye hat mir imponiert. Wir haben zurzeit eine Menge Youngster. Du solltest auch hier oben eine solche Fahrt organisieren, in der Rolle als Roadcaptain. Erkan berichtete mir, dass du dir das wünschst. Einverstanden?«
»Mehr als das. Das wäre mein Ding. Ich werde dich nicht enttäuschen.«

»Okay, lass dir noch einiges sagen, was ich mag und was nicht: Ich weiß, dass auch wir mit der Zeit gehen müssen, das heißt aber nicht, dass wir unsere saubere Brüderschaft aufgeben.
Ich liebe Motorradfahren, ganz anders als Erkan.«
Er warf diesem einen belustigten Blick zu.
»Erkan hat allerdings viele gute Seiten«, lenkte er ein.
»Ich mache aus unserer Gemeinschaft jedenfalls keinen Verbrecherclub. Wir gehen mit den Bullen natürlich nicht immer einig, das gilt auch bei mir, Capito?«
»Total, damit kann ich mich zu Hause fühlen.«
»Dann lass uns darauf trinken.«

Das Kennenlernen ging am runden Tisch mit einigen Holsten in den gemütlichen Teil über. Jörn lernte noch mehrere Clubmitglieder kennen, die sich dazugesellten. Erkan bewies erneut seine Fürsorge und bat die Männer, nach einer Wohnung für

Möller Ausschau zu halten. Schon bald sollten sich zwei gute Möglichkeiten ab-
zeichnen.

Jörn Möller bevorzugte eine kleine Wohnung in Fuhlsbüttel. Wohnzimmer, Schlaf-
zimmer, Küche, Diele und Bad waren spartanisch möbliert, doch fürs Erste war das
okay. Es gab noch genug Stellplätze, um die Einrichtung nach eigenem Geschmack zu
ergänzen. Zwei Dinge gefielen Möller besonders: Helmut Stange, ein gleichaltriger
Bruder, ebenfalls ein Angel, wohnte mit ihm im selben Haus. Zwischen den beiden
stimmte die Chemie auf Anhieb. Beide hatten eine Vorliebe für Jazz. Zum Zweiten
gehörte zu beiden Wohnungen eine Garage, in der sie ihre wertvollen Maschinen
wegschließen konnten. Das war Gold wert.

JÖRN MÖLLER FINDET EINEN FREUND

Die beiden Männer beschnupperten sich wie Erkan und Jörn.
Jörn erzählte seine gesamte Vita und Helmut tat es ihm nach.
Der war im Umland von Hamburg, in Barsbüttel, großgeworden und hatte nach dem Realschulabschluss eine Kfz-Mechanikerlehre gemacht. Aber es hielt ihn nicht in der ländlichen Gegend. Er wollte unbedingt in die Großstadt.

Mit einer kleinen Geldreserve und seinem schweren Motorrad kam er nach Hamburg und kannte dort niemanden. Bald trieb er sich in Bikerkneipen herum und lernte einige Hells Angels kennen. Mit ihnen fühlte er sich wohl und wurde nach der Prüfungszeit Mitglied der Vereinigung.
»Das Beste kommt noch«, fügte er hinzu.
»Ich konnte mein Hobby zum Beruf machen. Ich mache für einen Spediteur Eilzustellungen mit dem Motorrad, manchmal auch mit einem dreirädrigen Lastenrad. Damit kann man die vielen Staus in der Stadt umfahren und bleibt just in time.«

Jörn Möller gefiel dieser Lebensweg. Sie beschlossen, künftig ihre Freizeit des Öfteren gemeinsam zu gestalten.
Seine Anstellung forderte von ihm viel Engagement und Zeit. Die Freizeit war oft rar. Aufgrund der neuen Freundschaft musste er seinen guten Kontakt zu Erkan Celik vernachlässigen. Das bedauerte er sehr, aber Helmut Stange hatte einfach mehr Interessengebiete, die sich im Gleichklang mit seinen befanden.

Oftmals gingen sie zu Jazzveranstaltungen. Möller verließ sich auf die Vorschläge seines neuen Freundes und wurde niemals enttäuscht. Das erste Highlight wurde Elbjazz. Als eines der beliebtesten Jazzfestivals in ganz Europa zog es jährlich über 24.000 Zuschauer in seinen Bann. Die Haupttribüne befand sich auf dem Betriebsgelände von Blohm und Voss.
Umgeben von Kränen und Containern hatte die Spielstätte einen besonderen Reiz.

Aber auch die anderen Plätze:

Die Hauptkirche Sankt Katharinen, der Mojo Club und selbst der große Saal der Elbphilharmonie boten begeisternde Jazz-Sessions. Selbst der Vorplatz des Konzerthauses wurde für junge Talente als Open-Air-Bühne freigegeben.

Auch der Hubschrauberlandeplatz hinter dem Haupteingang des Werftgeländes, wo der Jazz-Truck parkte, wurde für kurze Zeit für Newcomer zum Präsentierteller.

Alle Locations waren durch Busshuttles und Barkassen perfekt miteinander verbunden. Man konnte sie alle bequem und schnell erreichen. Größen wie Dope Lemon mit ihren vielen Elektrogitarren, Horst Hansen Trio und Salomea ließen Kennern das Wasser im Munde zusammenlaufen.

Cherise mit der schwarzen Sängerin im roten Overall ließ sich die eng zusammenstehenden Zuhörer, unter die sich auch Jörn und Helmut gemischt hatten, im Takt mit der Musik wiegen. Das Horst Hansen Trio feierte sein 60-jähriges Jubiläum. Besonders lustig war die Tatsache, dass die Künstler während des Bestehens der Band noch nie nur zu dritt aufgetreten waren. In diesem Jahr bestand sie aus fünf Kerlen um die 30 Jahre alt in bunten Socken und farbigen Oberhemden, die richtig gute Musik machten. Schlagzeug, Trompete, Saxofon, E-Gitarre und elektrisches Klavier waren dafür verantwortlich. Am besten gefiel den beiden das Stück Uhrwerk.

In den nächsten Wochen schauten sie sich auch in Jazzkneipen um. Die Hansestadt hatte davon viele zu bieten. Dazu gehörte der legendäre Kellerclub Birdland, in dem so berühmte Musiker wie Chet Baker und Diana Krall auf der Bühne standen. Bei ihrem Besuch waren die 150 Plätze ausverkauft. Der Cotton Club galt als der erste Hamburger Jazzclub. Er erreichte mit Oldtime-Jazz junge und alte Fans gleichermaßen.

Helmut Stange hegte immer größere Sympathie zu Jörn Möller. Immer weniger wurde er damit fertig, dass er zu Beginn ihrer Bekanntschaft mit falschen Karten gespielt hatte. Stange war in Wirklichkeit verdeckte Ermittler, spezialisiert auf Rauschgiftdelikte. Er hatte sehr gut verspürt, dass Möller dem engeren Kern der Vereinigung viel schneller näher gekommen war als er. Schließlich hatte er einen Großteil seiner Reputation aus Köln mitgebracht. Stange hatte gehofft, er könne über ihn eher den Bereich dunkle Geschäfte aufspüren, den er in der Gemeinschaft vermutete.

Sein Verbindungsmann bei der Kripo hatte ihn darin bestärkt. Je mehr er empfand, dass Möller ein ordentlicher Typ war und gute Prinzipien hatte, umso mehr plagten ihn Schuldgefühle. Erst kürzlich hatte Jörn eine Blood-Rallye für die Jüngeren der Gemeinschaft organisiert und erfolgreich durchgeführt.

Sie waren mit dieser Aktion zum ersten Mal in der Hamburger Presse positiv besprochen worden. Das hatte Jörn in der Gemeinschaft ein besonderes Ansehen eingebracht. Außerdem war Helmut nicht eine Sache zu Ohren gekommen, die ihn an Jörns Lauterkeit zweifeln ließ. Auf ihn konnte man sich verlassen. Er war stets hilfsbereit und Helmut kam wirklich durch ihn dem engeren Kreis der Gemeinschaft näher. Er hasste zunehmend das Verlogene an ihrer Freundschaft.

DUNKLE WOLKEN BRAUEN SICH ÜBER HAMBURG ZUSAMMEN

Auf dem Kiez war wieder etwas Ruhe eingekehrt. Die massive Polizeiarbeit hatte wirklich erreicht, dass die Mongols ihre Aktionen einstellten, mit denen sie die Hells Angels durch provokantes Auftreten in Kutten und mit dicken Wagen zu Gegenreaktionen reizten. Doch das Ganze erwies sich als Ruhe vor dem Sturm. Die Ruhe nahm im Stadtteil Hoheluftchaussee ihr Ende. Nahe seiner Wohnung detonierte unter dem roten Lamborghini Kemal Yanars, des Präsidenten der Mongols, eine Handgranate und beschädigte den Nobelschlitten erheblich. Der Halter des Wagens blieb unverletzt.

Die Polizei vermutete in diesem Anschlag einen Revancheakt der Hells Angels. Die Sonderkommission (Soko) »Rocker« nahm sofort ihre Arbeit wieder auf.

Mehr als 50 schwer bewaffnete Polizisten wurden auf die Straße geschickt. Zunächst begannen sie mit Personenkontrollen auf besonders berüchtigten Straßen des Kiez. Ins Auge genommen wurden Protzautos und schwere Motorräder, deren Fahrer als Rocker erkennbar waren. Gesucht wurde nach Waffen, Drogen und Gegenständen, die von einem Einbruch oder Raub herrühren konnten.

Jörn Möller wurde mehrmals auf dem Weg zu oder von seiner Arbeitsstätte von Polizisten mit Spezialausrüstung, Einsatzhelm, Schutzweste, Schlagstock und Schusswaffe, alles in bedrohlichem Schwarz, angehalten und kontrolliert.

Bei ihm fanden sie nichts, und seine Aussage, er arbeite im Eroscenter, erwies sich als wahr. Nach der vierten Überprüfung war er den Polizisten bekannt und man winkte ihn gnädig durch.

»Bleib sauber, mach dich nicht unglücklich«, waren die mahnenden Worte, die Jörn zu hören bekam.

»Lieber Unglück als gar kein Glück«, grantelte er zurück. Die arrogante, willkürliche Behandlung frustrierte Jörn Möller immens. Ihn ärgerte zusätzlich die gestohlene Zeit.

Allerdings musste er aus den Zeitungsmeldungen erkennen, dass das polizeiliche Vorgehen notwendig war.

Sowohl in den Nobelschlitten als auch auf den schweren Maschinen fanden sich allerlei Ausrüstungsgegenstände, die gegen das Waffengesetz verstießen: verschiedenartige Messer, Teleskopschlagstöcke, Schlagringe und Schusswaffen. Auch die anderen Waffen neben Schusswaffen waren illegal, wenn sie mitgeführt wurden. Sie durften straffrei nur besessen werden. Also war die Polizeiaktion ein Erfolg gewesen, dachte er für sich.

Die Soko behielt auch den Boss der Mongols im Auge. Er galt in ihren Augen als tickende Zeitbombe. Alle Mongols in Hamburg waren eher Kriminelle. Ihnen fehlte die Rockertradition.

Die Aktion, mit der man gegen Kemal Yanar vorging, fand an der Hoheluftchaussee viele Zuschauer und blieb noch für lange Zeit in aller Munde. Ein mobiles Einsatzkommando landete mit einem Hubschrauber auf seiner Penthouse-Wohnung und stürmte sie. Die Polizisten fanden eine scharfe Schusswaffe und eine Menge an Kokain, die den Eigenbedarf überstieg. Für die Waffe konnte keine Waffenbesitzkarte vorgelegt werden. Ein Waffenschein war ebenfalls nicht vorhanden und die beschlagnahmte Munition überstieg die nach Waffengesetz limitierte Menge. Diese Umstände erfüllten eine Straftat. Es handelte sich um kein Kavaliersdelikt. Dafür drohten vielmehr sechs Monate bis im schlimmsten Fall zehn Jahre Gefängnis. Die Waffe wurde natürlich daraufhin untersucht, ob sie mit vorangegangenen Schießereien in Verbindung gebracht werden konnte. Das war nicht der Fall. Aber ein positiver Nachweis hätte die Qualität der Straftaten und auch das Strafmaß erheblich erhöht.

Der Boss der Mongols wurde mit Handschellen in ein Polizeiauto abgeführt.
Die Beamten bekamen auf dem Revier kein Wort aus ihm heraus, bevor sein Anwalt zugegen war. Der trat zu ihrem Ärger, wie immer, arrogant und siegessicher auf.
Die Männer der Soko schworen sich ein, aufs Äußerste bemüht zu sein, die Erfolgsserie des Anwalts, so hochkarätige Kriminelle erfolgreich zu verteidigen, endlich zu beenden.

Dass der Chef der Mongols fürs Erste vom Schlachtfeld genommen war, nahm man nur als Teilerfolg hin, dessen Dauer es erheblich zu verlängern galt.

Jörn Möller hatte den Treffpunkt seiner Brüder, das Champions Coffee, auf dem Kiez bisher noch nicht aufgesucht. Aber was er darüber gehört hatte, hatte ihn neugierig gemacht.

Das Etablissement bekräftigte seinen Namen mit Plakaten von Boxkämpfen an der Wand. Von ihr schauten einen Wladimir Klitschko und Kubrat Pulev an.

Jörn mochte den Boxsport. Der Raum war in schummriges Licht getaucht und bot eine intime Atmosphäre. Er enthielt schmale Tische, die wie Bartresen aussahen, mit entsprechend hohen Stühlen davor.

»Du fühlst dich, als sitzt du auf deinem Motorrad«, hatte er gehört. Fernsehbildschirme und Spielkonsolen waren vorhanden, falls Alkohol und der Gesprächsstoff alleine nicht reichten.

Die Aktionen trafen natürlich auch die Angels, und zwar dort: Das Champions Coffee wollte Jörn Möller endlich kennenlernen und dabei gleichzeitig mit Brüdern zusammenkommen. Solche Zusammentreffen hatte er durch die vielen Exkursionen mit Helmut Stange sehr vernachlässigt.

Er fragte Helmut am Abend, ob er am nächsten Tag dorthin mitkommen wolle. Der ließ sich mit der Antwort etwas Zeit. In seinem Kopf rotierten Argumente dafür und dagegen.

Er wusste von seinen Polizeikollegen, dass Champions Coffee im Fokus einer baldigen Razzia stand. Wenn er selbst dabei kontrolliert und registriert wurde, sahen die anderen ihn als linientreuen Bruder, und er konnte sich damit sogar brüsten. Für Jörn sah er das ganz anders. Stange wollte nicht, dass sein engster Kontakt bei den Angels registriert würde und künftig unter diejenigen fiel, die im Ernstfall immer wieder untersucht wurden. Jörn sollte für die Polizeikollegen ein unbekanntes Wesen bleiben. Das machte Helmut die eigene Arbeit leichter. Deshalb erklärte er, keine Lust zu haben, dorthin zu gehen, besonders jetzt in Zeiten der Unruhe unter den Rockern.

Er empfahl Jörn, es ihm gleichzutun, konnte ihn aber damit nicht überzeugen.

»Es darf kein Problem sein, seine Freizeit auf dem Kiez zu verbringen. Wir können mit unserer Anwesenheit doch beweisen, dass nicht alle Rocker kriminell sind. Ich hab nichts verbrochen und auch nichts Böses vor, also was sollen die Bullen mir anhängen? Ich habe Lust, meine Brüder zu treffen und mache das notfalls auch ohne dich.«

Gesagt, getan. Möller ging nach der Arbeit ins Champions Coffee und wurde mit Hallo begrüßt. Er trank mit seinen Brüdern mehrere Bierchen. Plötzlich kam das Gespräch auf die Notwendigkeit für die Angels, sich mit dem Drogengeschäft zu befassen. Jörn Möller hörte nur zu, er äußerte sich nicht dazu. Seine Meinung hielt er hinter dem Berg, aber er hatte eine: Er verachtete Dealer.

Letztlich waren sie Steigbügelhalter für unglückliche, mitleiderregende Menschen, die in ihrem erbärmlichen Leben nur noch das Ziel hatten, von einer Dröhnung zur nächsten zu leben.

Nicht nur er, sondern auch Helmut sollten recht haben:

Möller war zwar nichts Kriminelles nachzuweisen, aber er wurde registriert und damit Ziel für künftige Überprüfungen.

An diesem Tag führten nämlich 50 bis an die Zähne bewaffnete Polizisten auf dem Kiez zwei Razzien durch. Sie kontrollierten die Rocker, die sich in den beiden Szenenkneipen Champions Coffee in der Silbersackstraße sowie in der Kneipe The Other Place in der Davidstraße aufhielten. Beide Kneipen waren bekannte Treffpunkte der Hells Angels.

Die Polizeiaktion dauerte gut zwei Stunden. Im Champions Coffee wurden acht Rocker überprüft und registriert. Jörn Müller gehörte zu ihnen. Festgenommen wurde niemand.

Die Eckkneipe The Other Place in der Davidstraße war nicht nur signalrot gestrichen, sondern zog zusätzlich mit roter Beleuchtung Besucher an. Mit ihrer Getränkekarte outete sie sich als Bikertreff: Die war schwarz gehalten und in der Mitte mit einem weißen Totenkopf geziert. Der war umrundet mit dem Schriftbild The Other Place sowie We trust Bikers.

In dieser Kneipe traf die Polizei auf 16 Gäste. Mit dem erhofften Aufgreifen von Straftätern aus dem Rockermilieu gingen sie leer aus. Sie dehnten deshalb die Razzia auf auffällige Pkws in den Straßen aus. In einem BMW 7 sowie in einem Smart fanden sie jeweils ein verbotenes Messer. In einem Mercedes lag offen auf dem Rücksitz sogar ein Teleskopschlagstock.

Diese bescheidene Ausbeute war deprimierend, doch gegen die ermittelten Halter der Pkws wurden trotzdem Verfahren wegen des Verstoßes gegen das Waffengesetz eingeleitet.

Die Beamten folgten damit der Vorgabe, einem Rosenkrieg der Rockerbanden mit aller Macht gegenzusteuern.

Ein Polizeisprecher bezeichnete ihre Aufgabe mit zwei eindeutigen Schlagworten: *Repressiv* gegen Kriminelle vorgehen und mit diesem Verhalten *präventiv* wirken!

Wegen des geringen Erfolgs wurde in der Nacht eine zweite Razzia angesetzt. Zu dieser Zeit hatte Jörn den Kiez längst verlassen. Das Champions Coffee wurde nochmals durchsucht. Doch wiederum fand man nur wenige Waffen. Darunter waren allerdings einige Macheten. Das griffen die Journalisten genüsslich auf. Sie machten in ihren Berichten zumindest unterschwellig die vielen Migranten, die auf dem Kiez ihr Leben fristeten, für die wachsende Kriminalität verantwortlich. Die öffentlichen Stellen nahmen das schweigend hin.

Durch all diese Maßnahmen war die hohe Eskalationsstufe der Rockerstreitigkeiten noch nicht gebrochen. Wieder mal fuhren an einem Wochenendabend Luxusautos der Rocker im Konvoi die Reeperbahn rauf und runter, bis sie von der Polizei gestoppt wurden. Noch auf der Straße befragt, wofür die Fahrerei gut sei, hatten sie eine patzige Antwort parat:

»Wir sind hier, um für unseren Boss Burger zu kaufen, er hat Appetit darauf.«

Bei der nachfolgenden zeitaufwendigen Überprüfung blieben sie friedlich und kooperativ. Den Polizisten blieb nichts anderes übrig, als sie gewähren zu lassen. Sie hatten keine Straftat begangen. Nun kauften sie wirklich Burger und verließen den Kiez.

Der nächste Vorfall verlief nicht so friedlich.

Einige Kiezbesucher aßen nach einer langen Kieznacht am frühen Morgen vor dem Kiosk am Silbersack Bratwurst mit Pommes. Ein Mercedes CL500 verursachte vor dem Champions Coffee beim Ausparken einen Lackschaden an ihrem Wagen und fuhr achtlos davon. Die Kiezbesucher bemerkten diesen Vorfall nicht mal. Aber einer von ihnen bediente in diesem Moment sein Handy. Die Rocker im Mercedes bekamen dies mit und vermuteten, der Mann wolle die Polizei wegen Unfallflucht anrufen. Sie hielten an, stiegen aus dem Wagen und marschierten kampfwillig auf den Kiosk zu. Einer der Rocker verpasste dem ahnungslosen Besucher harte Faustschläge an den Kopf und in das Gesicht, während seine Kumpel das Geschehen mit ihren Körpern abschirmten. Als einer der Betroffenen seinem Freund zu Hilfe kam, wurde auch er attackiert. Das Ergebnis der Schlägerei war furchterregend: Beide Opfer hatten einen Bruch der Augenhöhlen. Eine Nase war gebrochen, ein Jochbeinbruch wurde festgestellt und eine Mittelgesichtsfraktur. Beide hatten eine schwere Gehirnerschütterung. Auch ein Messer wurde gegen sie benutzt. Einer der Männer trug eine Stichwunde an der Hüfte davon.

Die Täter flüchteten in eine Kneipe, wie Zeugen gegenüber der herbeigerufenen Polizei aussagten. Sie wiesen den Beamten den Weg, und die stürmten das Lokal. Die Gewalttäter wurden identifiziert und festgenommen. Sie hatten scheinbar nicht damit gerechnet, dass es einer wagen würde, sie zu verpfeifen. Sie waren gewohnt, dass ihre Drohkulisse groß genug war, um dies zu unterbinden.

An diesem Morgen hatte Jörn Möller dort vor Dienstantritt noch einen großen Kaffee getrunken. Er sah die Männer hereinstürmen. Sie standen stark unter Strom und eilten nach hinten durch, ohne ihn zu beachten. Zwei von ihnen erkannte Jörn als Angels, er hatte sie auf dem Clubhaus gesehen.

Auch Jörn wurde befragt, durchsucht und erneut registriert. Er wurde als Angel erkannt, aber der Wirt bestätigte, dass er bereits zu Gast war, als die anderen hereinstürmten. Er hatte nachweislich nichts mit ihnen zu tun. So wurde seine Anwesenheit während der eingetretenen Keilerei im Lokal zwar vermerkt, aber mit dem Hinweis versehen:
Eine Beteiligung an der Schlägerei war aufgrund der Aussage des Wirts auszuschließen.

Helmut Stange konnte diesen Eintrag bei seinem nächsten Rapport vor den Kollegen noch weiter relativieren. Er sah für sich nun die Zeit gekommen, selbst auch einmal bei einem Szenevorfall auffällig zu werden. Er musste seine vermeintliche Zugehörigkeit zu der Rockerfamilie bekräftigen und auch diesen Teil seines Rockerlebens künftig mit Jörn Möller zusammen ausleben.

Im Nachhinein betrachtet hatte sich seine Verweigerung am Anfang als unsinnig erwiesen. Er hielt nun bewusst Ausschau nach einem geeigneten Moment, einmal dabei zu sein.

Zunächst wurde die Tat der verhafteten Rocker jedoch gerichtsanhängig. Der Gerichtstermin hatte sich wegen zu vieler Verfahren einige Monate hingezogen. Dann ging alles jedoch recht schnell. Der Haupttäter war an seiner starken Tätowierung an beiden Armen von den Opfern eindeutig erkannt worden. Es gab keinen Zweifel an seiner Schuld. Gegen ihn lag zum Tatzeitpunkt bereits ein anderes Urteil über fünf Jahre Haft vor, die er noch nicht angetreten hatte. Er kam nun zu einer Gesamthaftstrafe von acht Jahren und musste die Haft mit sofortiger Wirkung antreten. Seine beiden Kumpel erhielten für ihre Gewalttat als Einzelstrafe drei Jahre Haft.

Die Angels waren durch diese Urteile in ihre Schranken gewiesen und wegen ihrer Gewaltbereitschaft deutlich bestraft. Die Lokalpresse Hamburgs berichtete darüber in großer Aufmachung. Man lobte, und das war eine Seltenheit, für das Durchgreifen die tapferen Männer der Sonderkommission Rocker!

DER FREUND RÜCKT AUF IN DER ANGELS-HIERARCHIE

Die Unruhen waren längst nicht vorbei, es sollte noch schlimmer kommen:

Jörn Möller hatte mit Kalle Torf über seine gewachsene Freundschaft zu Helmut Stange geredet und dabei dessen Verlässlichkeit und Geradlinigkeit sehr gelobt. Er hob diese Eigenschaften besonders hervor, weil er wusste, wie wichtig sie für den Präsidenten waren. Helmut Stange hatte bisher wenig Zugang zum engeren Kreis gefunden, und Jörn Möller wollte ihn dort mehr bekannt machen. Er war sich sicher, dass dann die baldige Zugehörigkeit zu diesem Kreis ein Selbstgänger sein würde.

Kalle Torf war interessiert, mehr über Helmut Stange zu erfahren.

»Der hat zwar bisher nichts Falsches gemacht, aber sich sehr zurückgehalten. Für größere Dinge schien er mir nicht geeignet, und so ließ ich ihn einfach gewähren.«

Möller bestätigte Stanges Zurückhaltung und meinte dazu: »Die ist doch typische Hamburger Art. Aber wenn du mit so einem erst mal warm geworden bist, dann wird der mit dir selbst durch die Hölle gehen.«

Kalle Torf lachte auf und erwiderte:

»Na, das passt ja für einen Hells Angel!«

Dann wurde er wieder ernst und meinte:

»Ich vertraue deiner Menschenkenntnis. Wir sollten einmal etwas gemeinsam unternehmen. Dann kann ich mir auch selbst ein Bild machen. Gute Leute habe ich immer gerne in meiner Nähe. Was hältst du davon, wenn ich euch beide die Tage einmal ins Old Commercial Room zu einem zünftigen Schollenessen einlade? Dort machen sie in dicken Eisenpfannen auf dem Gasherd die beste Scholle Hamburgs Finkenwerder Art. Ich bestelle als Krönung immer noch 100 Gramm Krabben obendrauf. Das schmeckt noch besser. Die Ränder der Plattfische sind so kross gebraten, dass man sie ohne Weiteres mitessen kann. Ich muss aufhören, dieses herrliche Gericht zu beschreiben, mir läuft schon das Wasser im Mund zusammen.«

Jörn Möller musste schmunzeln. Die Idee gefiel ihm, und das ließ er Kalle auch wissen:

»Wann kann man denn dort hingehen?«

»Die haben zwischen 16:00 und 23:00 Uhr geöffnet.«

»Da dürfte es kein Problem sein, einen Termin zu finden.« »Kläre das mit Stange ab, dann rufst du mich an, und wir machen Nägel mit Köpfen.«

»Aye, aye, Käpt'n! Ich freue mich, du hörst von mir.«

Für Helmut Stange war es wie ein Durchbruch, dass Jörn sich so für ihn eingesetzt hatte. Natürlich war er sofort bereit, mit Kalle Torf zusammenzutreffen. Dass dies auch noch außerhalb des Clubhauses geschehen sollte, gefiel ihm besonders.

In dem geplanten Rahmen, ohne das Gewusel im Club, würde er sicher mehr erreichen. Noch am selben Abend machte Jörn das gemeinsame Fischessen klar. Sie wollten sich gegen 20:00 Uhr im Lokal treffen. Helmut Stange beschlich ein gewisses Unbehagen, weil er den arglosen Jörn so brutal für seine beruflichen Zwecke ausnutzte.

»Gelobt sei, was hart macht«, tröstete er sich darüber still hinweg.

Jörn und Helmut fuhren mit ihren Maschinen zusammen zum Lokal. Schon von außen machte es einen guten Eindruck. Die Räume waren wie der Name im englischen Stil gehalten.

Die Tischplatten schimmerten in glänzendem Holz.

Über jedem Tisch hing eine weiße Lampenkugel in Messingfassung von der Decke herab und spendete mattes Licht in den Raum.

Die Stühle waren olivgrün gepolstert. Die Wände hatten im unteren Teil Holzpaneelen. Die oberen Wandstücke waren in gleicher Farbe gestrichen und mit vielen Bildern und gerahmten Plakaten dekoriert. Ein Plakat von Guinness gehörte dazu. Kalle Torf saß schon an dem für sie reservierten Tisch und begrüßte sie mit einem »Moin«.

Der alte Haudegen war überrascht, wie leicht es ihm fiel, in ein Gespräch zu rutschen. Er hatte es mit dem Satz eröffnet: »Ich freue mich, den Kerl näher kennenzulernen, der dafür sorgt, dass Jörn so selten ins Clubhaus kommt. Was liegt denn bei euch stattdessen an?«

Helmut Stange nahm die Frage gerne auf:

»Ich hoffe, das soll kein Vorwurf sein. Für mich war es ein Glücksfall, einen so patenten Bruder als Nachbarn in der Nebenwohnung zu bekommen. Die daraus erwachsenen Möglichkeiten nutzen wir kräftig aus und sind dabei brave Rocker.«

»Dann mal Butter bei die Fische, was macht ihr denn so?«

»Als Allererstes fahren wir viel Motorrad. Das ist uns sehr wichtig.«

Stange kam nicht dazu, fortzufahren, Kalle Torf unterbrach ihn nämlich:

»Einen Punkt für den Kandidaten. Unsere schweren Harleys sind auch meine Leidenschaft.«

Nun mischte sich Jörn Möller ein:

»Helmut ist ein großer Kenner der Hamburger Jazzszene.

Ich mag Jazz, und er hat mir mittlerweile viel gezeigt, und geboten. Ich kann jetzt mitreden. Wenn man das, was Hamburg alles bietet, mitnehmen will, bleibt wenig Freizeit über für anderes.«

»Damit kannst du mich nicht hinter dem Ofen hervorlocken. Ich habe noch Stars gehört wie Art Blakey, Chet Baker und Diana Krall. Das waren echte Weltstars. Solche Persönlichkeiten besuchen Hamburg kaum noch.

Der Jazz ist in Hamburg nicht tot, er riecht nur etwas seltsam, soll Frank Zappa zu dieser Entwicklung gesagt haben.«

»Da ist was dran«, meinte Helmut. »Aber das Pflänzchen wird sorgsam gehegt, und man findet immer wieder tolle Jazzer. Rocker zu sein, muss man dabei nicht vergessen.«

Alle drei hatten inzwischen ein gut gezapftes Elbschlossbier vor sich stehen und Kalle forderte zu einem gemeinsamen Prösterchen auf. »Das Essen kommt heiß auf den Tisch, und zwar bald. Wenn noch was Wichtiges zu sagen ist, dann sabbelt euch aus. Sonst müssen wir das auf danach vertagen. Beim Essen rede ich grundsätzlich nicht.«

Als hätte er sie herbeigerufen, erschienen zwei Kellner mit großen Porzellanplatten, auf denen riesige Schollen mit gerösteten Schinkenspeckwürfeln und Büsumer Krabben bedeckt ruhten. Drumherum lagen goldgelbe Bratkartoffelscheiben. Da konnte man wirklich nur essen, genießen und schweigen. Leere Gläser wurden automatisch durch volle ersetzt.

Die drei Männer hatten nicht nur auf eine Vorspeise verzichtet, sie taten das auch bei der Frage nach einem Dessert. Sie waren gesättigt und völlig zufrieden. Es war der Präsident, der das Gespräch wieder aufnahm:

»Helmut, du hast mich mit deinen Berichten inspiriert, dir einen verantwortungsvollen Job in unserer Vereinigung vorzuschlagen. Du hast ein Ohr und ein Händchen für Musik, wenn auch wohl überwiegend für Jazz. Ich wünsche mir schon seit Jahren einen kompetenten Offizier, der für unsere vielen Feiern, Jamborees und sonstigen Club-Events Verantwortung für die Musik übernimmt. Du hast wahrscheinlich auch schon mitbekommen, dass auf dem Clubhaus immer das Gleiche dudelt. Nach den heutigen Schilderungen traue ich dir mehr Geschmack zu und biete dir hiermit diese Aufgabe an. Was hältst du davon?«

Helmut Stange war sofort von diesem Angebot begeistert, aber nach außen zierte er sich zunächst ein wenig.

Er murmelte etwas von Bedenkzeit. In Wahrheit war ihm längst bewusst, dass dies für ihn das bestmögliche Angebot überhaupt war. Er hatte damit eine prestigeträchtige Stellung im Club und war mit ihr für die überwiegende Zeit mit Dingen beschäftigt, die ihn nicht in die Bredouille brachten, Kriminelles zu tun. Was konnte sich ein verdeckter Ermittler Besseres wünschen? Schließlich sagte er mit fester Stimme: »Ich bin gerne dabei.«

Kalle Torf zwinkerte zu Jörn Möller hin und meinte abschließend nur: »Dann haben wir ja wohl alles richtig gemacht.«

EIN SCHWARZER TAG FÜR KALLE TORF

Bevor sie das gastliche Haus verließen, kam Torf mit einer Überraschung heraus: »Am bevorstehenden Samstag findet ein Stadtderby zwischen dem HSV und St. Pauli statt. Ich habe sieben Karten für mich zurückstellen lassen. Die sind inzwischen viel wert. Wenn ihr brav seid, trete ich zwei an euch ab. Ihr müsstet dann jetzt noch mit zum Millerntor kommen.«

Dieses großzügige Angebot konnten die beiden nicht abschlagen. Sie machten sich zu dritt auf den Weg.

Am Millerntor marschierten sie frohgemut Richtung Kassenhäuschen. Plötzlich peitschten mehrere Schüsse über den Platz. Die Männer duckten sich instinktiv. Kalle Torf fiel in sich zusammen und blieb mit schrecklichen Zuckungen liegen. Die Kugeln aus einem Gewehr hatten ihn mehrfach am Kopf und Oberkörper getroffen. Seine beiden Rockerbrüder schützten den Verwundeten mit ihren eigenen Leibern.

Jörn Möller war besonnen genug, sofort Polizei und Rettungswagen anzurufen. Auf deren Kommen warteten sie in Schutzstellung bei Kalle, der sein Bewusstsein verloren hatte. Zum Glück passierte nichts weiter. Aber es war schwer, das Gestöhne des Verwundeten zu ertragen, ohne helfen zu können. Die beiden Männer überlegten krampfhaft, von wo aus die Schüsse gefallen waren. Sie kamen unabhängig voneinander zum Schluss, dass sie aus der Richtung eines nahen Parkplatzes fielen. Die Schüsse folgten in so schneller Reihenfolge, dass sie ihrer Meinung nach aus einem Automatikgewehr gekommen sein mussten. Wie viele Schüsse gefallen waren, konnten sie nicht mit Sicherheit sagen.

Sie kamen zu überraschend und zu schnell hintereinander.

Es waren aber bestimmt in etwa fünf Stück.

Wenn der Schütze wirklich vom Parkplatz aus geschossen hatte, war er vermutlich inzwischen längst auf und davon.

Sie beschlossen, diese Mutmaßungen schnellstens der Polizei bekanntzugeben. Es galt, keine Zeit zu verlieren.

Die Polizei kam vor dem Krankenwagen. Da Jörn Möller und Helmut Stange augenscheinlich mit dem Opfer bekannt waren und die Hilfe herbeigerufen hatten, vernahm man sie als Erste. Die Beamten fanden ihre Schilderungen realistisch, soweit es die Schussrichtung vom Parkplatz aus betraf. Dass die beiden in dieser Entfernung keinen Täter erkennen und auch die Schusszahl nicht mit Sicherheit nennen konnten, war für sie plausibel.

»Ich schätze mal fünf Schuss«, wiederholte Stange ihre bereits getroffene Einschätzung.

Die Beamten beschlossen, sofort eine Fahndung nach einem Pkw in einem größeren Fahndungsumkreis durchzuführen.

Angaben zum Wagen konnten Möller und Stange ebenfalls nicht machen. Doch dazu kam Hilfe von dritter Seite: Die Beamten befragten nämlich noch einige Personen, die sich etwas entfernt vom Tatort als Zuschauer zusammengefunden hatten.

Zwei junge Männer hatten die Schüsse gehört und glaubten, gesehen zu haben, dass kurz darauf ein SUV in Silbermetallic den Parkplatz in großem Tempo verlassen hatte. Ein solcher Wagen wurde nun das Hauptziel der Fahndung.

Der diensthabende Arzt im Krankenwagen gab Kalle schmerzstillende Medikamente und stoppte die Blutungen noch vor Ort, bevor es mit Blaulicht Richtung Universitätskrankenhaus Eppendorf ging.

Der Arzt diagnostizierte eine Querschnittslähmung.

Jörn und Helmut hatten den Wunsch geäußert, im Krankenwagen mitfahren zu dürfen. Das wurde ihnen jedoch verwehrt, weil sie keine Angehörigen waren.

Daraufhin eilten sie zu ihren Krafträdern und fuhren ebenfalls Richtung Eppendorf.

Kalle Torf war schon längst im OP, als sie dort ankamen.

Ihnen wurde gestattet, auf dem Gang in der Abteilung auf das Ergebnis der OP zu warten.

Kurz vor Mitternacht traf sie die Auskunft des Arztes wie ein Schmiedehammer:

»Ihr Kollege ist zwar außer Lebensgefahr, er hat auch keinen Hirnschaden erlitten, aber er wird für immer am unteren Körper gelähmt sein. Er ist noch nicht ansprechbar, muss erst richtig aufwachen. Sie können ihn erst morgen besuchen.«

Die beiden Männer nahmen die Nachricht mit versteinerten Gesichtern entgegen. Als sie wieder alleine waren, fand Jörn als erster der beiden Worte:

»Das war ein gezielter Mordanschlag. Aus welcher Ecke der Auftrag kam, können wir uns wohl beide denken. Wir müssen alles auf den Kopf stellen, um den Täter und seinen Auftraggeber zu finden und zu bestrafen. Ich bin dabei zu jeder Schandtat bereit. Kalle ist mir ein lieber Bruder, er ist ein Freund.«

Möller fletschte bei diesem Sermon vor Wut seine Zähne.

Jörn sah Helmut fragend an. Helmut nickte nur. Er ließ nicht erkennen, dass ihn überwiegend berufliche Gedanken antrieben, den Täter und seinen Auftraggeber zu überführen und zu bestrafen. Allerdings schloss er für sich insgeheim jegliche kriminelle Mitwirkung aus. Er war nicht zu jeder Schandtat bereit. Trotzdem war es auch ihm nach dem freundschaftlichen Treffen mit Kalle unmöglich, teilnahmslos zu sein.

SUCHE NACH DEN SCHULDIGEN MIT UNTERSCHIEDLICHEN INTENTIONEN

Jörn Möller wechselte als Erster in den Kampfmodus:
»Wir müssen unsere Brüder informieren. Ich denke insbesondere an Erkan Celik.«

Möller schaute auf seine Armbanduhr und meinte:
»Wenn wir Glück haben, ist Erkan im Clubhaus. Er ist Kalles engster Vertrauter. Mit ihm müssen wir uns beraten, wie es weitergehen soll. Erkan muss sich auf jeden Fall einbringen.«

Sie trafen ihn in seiner Wohnung an. Der Türke merkte sofort, dass etwas Schlimmes geschehen sein musste. Er fragte ohne Umschweife nach. Als er von dem schrecklichen Vorfall hörte, wurde sein olivfarbenes Gesicht eine ganze Nuance fahler.

Aus Erkan sprudelte es förmlich heraus:
»Das können nur die dreckigen Mongols gewesen sein. Die sollen sich warm anziehen. Ich bin ab sofort der Sergeant at Arms. Ich erkläre mich in unserem Chapter für die Disziplin und Sicherheit zuständig. Außerdem leite ich die Nachforschungen nach dem Täter.«

Jörn Möller hatte keine andere Reaktion von ihm erwartet. Die drei Männer saßen inzwischen um den Couchtisch und dachten nach. Jörn merkte erst jetzt, dass er nach einer Zigarette aus Erkans Packung gegriffen hatte. Er hatte wieder zu rauchen angefangen! Jörn zog den Rauch tief in seine Lungen und fühlte, wie seine Anspannung nachließ. Er fühlte sich wieder in der Lage, konzentriert zu denken.

Helmut Stange brachte sich als Erster ein. Seine Überlegungen waren von den Intentionen eines verdeckten Ermittlers gefärbt:
»Ich meine, wir sollten in diesem Fall unsere Verweigerungshaltung gegenüber

jeglicher Kooperation mit der Polizei vergessen. Wir wissen genau, dass die Soko »Rocker« alles tun wird, um einen Rockerkrieg zu vermeiden.

Sie wird also die Täter mit großem Fahndungsaufwand suchen. Ich gehe davon aus, dass sich neben der Soko das für Rockerdelikte zuständige Landeskriminalamt einschalten wird. Diese Spezialisten haben viele legale Möglichkeiten, die auch in unserem Sinne zielführend sein können. Ich denke an Hausdurchsuchungen, das Durchforsten digitaler Datenbänke und DNA-Analysen. Letztlich können Verdächtige festgesetzt werden und einem Verhörmarathon unterzogen werden. Diese Herrschaften haben sicherlich die gleichen Gedankengänge wie wir und gehen von einem Racheakt gegen die Angels aus.«

Jörn Möller sah seinen Freund überrascht an, Erkan Celik kam ihm mit einer Antwort zuvor:

»In deinen Worten liegt viel Wahres, Helmut, aber wir sollten unsere eigenen Möglichkeiten nicht zu gering bewerten.

Lasst mich zunächst einmal meine Theorie für die Gründe des Attentats anführen. Ich sehe in den Schüssen einen Racheakt gegen unseren Boss, weil Blindfische von uns eine Handgranate unter dem Lamborghini Kemal Yanars gezündet haben. Der Kerl sitzt zurzeit ein, also dürften seine Befehle aus dem Knast gekommen sein. Da drinnen gibt es immer welche, die etwas gesehen oder gehört haben und bereit sind, für genügend Penunze, die ihre Lage verbessert, ihr Wissen auszuplaudern. Da müssen wir auf jeden Fall ansetzen.

Auch dürfte es nicht allzu schwer sein, den Kreis der Männer einzuschränken, der als Schütze infrage kommt.

Die Mongols werden nicht alle einem SUV in Silbermetallic fahren. Und letztlich können wir mit härteren Bandagen vorgehen als die Polizei. Bei uns gelten andere Gesetze. Meines Erachtens sind unsere Möglichkeiten deshalb mindestens gleichwertig.«

Nach diesen deutlichen Worten kehrten einige Sekunden angespannte Ruhe ein. Bald konnte sich Jörn Möller jedoch nicht mehr zurückhalten, auch seinen Standpunkt darzulegen:

»Ich glaube, ihr habt beide irgendwie Recht. Aber ich möchte einen anderen Aspekt in den Vordergrund stellen. Kalle Torf ist nach wie vor unser Präsident. Wir können ihn bereits morgen besuchen, das hat der Arzt uns zugesichert. Wir sollten diese Möglichkeit zu dritt wahrnehmen und uns mit Kalle beratschlagen. Es ist für mich schon eine Frage der Loyalität, zu unseren Plänen seine Meinung zu erfahren. Außerdem ist Kalle immer für eine besondere Idee gut.

Wenn wir erst morgen nach diesem Treffen loslegen, dann geht die Welt auch nicht unter.«

Jörn Möller schaffte es mit diesen Argumenten, Einvernehmen zu erzielen. Die Entscheidungen wurden vertagt.

Auch die Polizei hatte längst mit einem Brainstorming begonnen. Außerdem lief bereits die Fahndung nach dem SUV in Silbermetallic. Hier gab es keinen schnellen Erfolg.

Der Schütze war wie vom Erdboden verschwunden. Möglicherweise hatte er sofort eine Garage angefahren und den Wagen dort fürs Erste versteckt. Im Bereich der Reeperbahn gab es genügend private Möglichkeiten.

Die Spurensicherung hatte am Tatort einige Patronenhülsen gefunden. Es waren keine Fingerabdrücke festgestellt worden und auch die individuellen Riffelungen auf den Geschossmänteln waren nicht in der Datenbank.

Die benutzte Waffe ist also noch nie erkennungsdienstlich behandelt worden.

Kriminalhauptkommissar Markus Bömmel hatte als Leiter der Soko »Rocker« eine andere Untersuchung angeschoben:

»Wir sollten mal die Videos von dem Autocorso der Mongols auf der Reeperbahn checken. Vielleicht finden wir in den Filmen einen SUV in Silbermetallic, möglichst mit Visage des Fahrers oder wenigstens der Zulassungsnummer. Dann wären wir schon ein ganzes Stück weiter.«

Die ärztliche Untersuchung hatte ergeben, dass Kalle Torf fünf Einschüsse in seinen Körper erlitt. Wenn nicht auch noch Fehlschüsse gefallen waren, hatten seine beiden Rockerbrüder die Zahl der abgegebenen Schüsse genau geschätzt.

Markus Bömmel fuhr fort: »Ich habe übrigens vor, Kontakt zu den Angels aufzunehmen. Die haben das gleiche Interesse wie wir, nämlich die Schuldigen zu überführen und zu bestrafen. Letzteres natürlich zu uns auf unterschiedliche Art und Weise. Trotzdem erscheint mir eine Kooperation mit ihnen sinnvoll. Wir müssen natürlich ihren Rachedurst im Zaum halten.«

Es waren circa fünf Stunden Filmmaterial zu betrachten.

Ein Ergebnis stand bisher noch aus. Eine weitere Idee verfolgte Bömmel mit gleicher Konsequenz. Er ordnete an, sämtliche Strafakten durchzuschauen, die Mongols betrafen, denen beabsichtigte Tötung mit Schusswaffen vorgeworfen wurde. Auch in denen konnte eine Spur zum Täter führen.

Die Ungeduld unter den Beteiligten wuchs ständig weiter an. Alle wünschten sich dringend einen Durchbruch. Die Politik hielt ihren Unmut, dass nichts erreicht wurde, nur noch bedingt im Zaum.

Verabredungsgemäß trafen die drei Angels zum vereinbarten Zeitpunkt im Eppendorfer Krankenhaus ein, um Kalle Torf zu besuchen. Er hing an mehreren Flaschen und hatte einen mächtigen Verband um seinen Kopf. Er war fast nicht zu erkennen, doch seine Augen wanderten in ihre Richtung, und sie sahen, dass er sie erkannte.

»Du machst Sachen, Boss, man kann dich nicht alleine lassen«, sagte Erkan. Etwas Intelligenteres fiel ihm in der Aufregung nicht ein.

»Wie geht es dir?«, schob Jörn Möller nach, was genauso unpassend war.

Kalle Torf sah sie an. Seine Stimme war bei seinem üblichen »Moin« schwach, aber verständlich. Er atmete tief durch, dann machte er seinen Gedanken Luft: »Haltet mich ruhig für altmodisch, aber ich kann noch mit Blicken töten! Außerdem: Ein Rollstuhl ist kein Motorrad. Wie soll es einem also als Rollstuhlfahrer schon gehen?« Er hatte seinen sarkastischen Humor nicht verloren.

Nach diesen Äußerungen blieb es zunächst sehr ruhig im Zimmer. Alle waren sich des Ernstes der Situation bewusst. Schweigen stand wie eine Mauer zwischen ihnen.

Torfs Reaktion, die daraufhin folgte, war ein verbaler Verteidigungsmechanismus, der seinen wahren Gefühlszustand nicht erkennen lassen sollte:

»Dann mal Schluss mit euren hilflosen Floskeln. Lasst uns zum Wesentlichen kommen. Wie wollen wir in dieser Angelegenheit weitermarschieren? Mein Körper ist auf Dauer beeinträchtigt, ich werde mit ziemlicher Sicherheit unten herum gelähmt bleiben, aber mein Hirn wurde bei den Verletzungen des Kopfs nicht beschädigt. Ich kann also und will über unsere Reaktion auf den Versuch, mich zu töten, mitdenken.«

NACHLESE ZU KALLE TORFS SCHICKSAL

Erkan übernahm nun die Initiative: »Wir haben uns Gedanken gemacht, wer während deines Krankenhausaufenthaltes unseren Club führen soll. Wir wollten dir vorschlagen, dass ich diese Aufgabe übernehme. Was sagst du dazu?«

»Das ist für mich die einzig denkbare Lösung. Du warst schon immer, solange ich fit war, meine rechte Hand und hattest mein vollstes Vertrauen. Daran kann sich nichts ändern. Habt ihr auch schon eine Theorie entwickelt, warum man mich killen wollte und wer?«

»Vielen Dank Kalle, für dieses große Vertrauen, das du in mich setzt. Du wirst es nicht bereuen. Jörn, trägst du bitte unsere Überlegungen vor.«

»Okay, dann mal ganz von vorne an: Wir gehen davon aus, dass dies ein Revanche-akt war. Nach dem Motto: Wie du mir, so ich dir, traf dich das Attentat, weil von unserer Seite eine Handgranate unter den roten Flitzer Kemal Yanars, des Präsidenten der Mongols, gelegt wurde. Der kam allerdings, anders als du, bei der Detonation völlig unbeschadet davon. Der Boss der Mongols sitzt nun wenigstens im Knast. Von dort aus dürfte der Auftrag gekommen sein, dich zu töten.«

»Darin waren wir doch schon einig, aber wie wollt ihr den auf mich angesetzten Killer enttarnen?«

»Nach Zeugenaussagen hat er aus einem SUV in Silbermetallic geschossen und ist nach den Schüssen davongebraust. Da er trotz sofort angesetzter Razzia der Polizei nicht aufgegriffen wurde, vermuten wir, dass er den Wagen schnellstmöglich in einer ortsnahen Garage versteckt hat und zu Fuß weiterfloh. Wir haben dafür allerdings keinen Beleg.«

»Das hört sich für mich schlüssig an. Jörn, du könntest helfen, die Garage zu finden, wenn es sie denn gibt. Du hast Kontakt zu den vielen Zuhältern im Eroscenter. Die kennen den Kiez wie ihre Westentasche und haben bestimmt so manche Idee, wen man wegen der Garage fragen könnte.«

»Das ist eine glänzende Idee, Chef, die nehmen wir sofort auf. Bisher hatten wir in den Vordergrund gestellt, über unsere Zuträger im Knast in Erfahrung zu bringen, ob der Auftrag wirklich von dort kam und an wen er ging«, meldete sich Erkan zu Wort.

Kalle nickte und lobte: »Gut so! Aber dann sollte dir auch nach der Besucherliste fragen. Die kann genauso aufschlussreich sein.«

Seine drei Brüder stimmten zu. Es war immer wieder erstaunlich, auf welche Tipps ein alter Hase wie Kalle noch kam.

Erkan fuhr fort: »Wir haben auch einen Vorschlag von Helmut Stange aufgegriffen. Er meint, wir sollten uns der Kooperation mit den Bullen nicht verweigern. Die hätten in diesem Fall das gleiche Ziel wie wir, nämlich die Schuldigen zu entdecken und zu bestrafen, legal und nicht illegal.«

»Auch illegal ist mir in diesem Fall scheißegal«, brummte Torf grimmig.

Helmut Stange wollte seine Position unbedingt erklären: »Kalle, ich bin ganz deiner Meinung. Aber die Beamten haben zusätzliche Möglichkeiten, den Fall aufzuklären. Ich nenne nur einige davon: die Durchsicht aller Dateien, zeitweiliges Festsetzen und Verhören von Verdächtigen, DNA-Analysen, relevante Ton- und Bildmitschnitte. Wenn wir kooperieren, sind wir für die Bevölkerung auf der gleichen Seite wie die vermeintlich Guten. Das kann doch kein Fehler sein.«

Kalle Torf brauchte nicht lange, die Argumente zu überdenken. Er sah durchaus die Vorteile. Trotzdem konnte er sich, nach einer halbherzigen Zustimmung, seine eigene Meinung nicht verkneifen: »Ich habe skeptische Erwartungen an die vermeintlich Guten. Den ehrlichen Politiker, den dopingfreien Spitzensportler, die glückliche Nutte und den unparteiischen Journalisten, die gibt es nicht!«

Selbst Helmut Stange musste über diese Einordnung seiner Polizeikollegen grinsen.

Für Erkan Celik war aber immer noch nicht alles gesagt:

»Kalle, eins müssen wir fest im Auge behalten. Für den Anschlag auf dich besteht erhebliche Wiederholungsgefahr. Die Mongols haben ihre Rache nicht bekommen. Sie werden nach dem Motto »Auf ein Neues« reagieren. Bis wir sie im Griff haben, musst du geschützt werden. Solange du im Krankenhaus bist, gehört eine Wache vor dein Zimmer, entweder von uns oder von der Polente, wenn wir mit denen kooperieren.«

»In Gottes Namen Amen, ein Bruder wäre mir allerdings lieber«, stöhnte Kalle. Der Aufruhr seiner Emotionen hatte ihn stark erschöpft. Es war Zeit zu gehen. Zum Abschied versicherte Celik:

»Kalle, wir bleiben im engen Schulterschluss mit dir, versprochen.« Er tätschelte dem Kranken leicht auf die Schulter und meinte mit Trauer in der Stimme:

»Das Leben ist wirklich beschissen.«

Kalle behielt das letzte Wort: »Ja, so ist das Leben. Mal bist du der Baum und mal der Hund!«

Schon am nächsten Tag traf Kriminalhauptkommissar Markus Bömmel auf dem Clubhaus der Angels mit Erkan Celik, dem nun zuständigen Vertreter des Clubs, zusammen.

Die beiden Männer bewegten sich vorsichtig aufeinander zu. Bald stimmten sie überein, in der Fahndung nach den Killern kooperieren zu wollen. Am Ende ihres Gespräches zog der Kriminalhauptkommissar ein Resümee:

»Es ist klar geworden, dass es Vorteile bringt, wenn wir dieses Mal kooperieren. Mit unser beider Möglichkeiten kommen wir bestimmt schneller zu Potte. Allerdings müsst ihr gewisse Grenzen einhalten, sonst scheitert dieses ungewöhnliche Projekt. Stimmst du zu, dass wir uns über unsere Fahndungserfolge unbürokratisch austauschen?«

Erkan grinste und meinte trocken:

»Ja, ich bin bereit, zusammen mit dem Teufel den Beelzebub auszutreiben.«

Die beiden Männer gaben sich darauf die Hand. Als Helmut Stange später davon hörte, war er insgeheim sehr erleichtert. Diese Vereinbarung machte seine Stellung zwischen den Parteien etwas einfacher. Er konnte zudem alles tun, um Auswüchse auf der Seite der Rocker zu verhindern. Das war ihm inzwischen eine Herzensangelegenheit, denn er hatte in der Führungsgruppe, in der er sich eingeschlichen hatte, viele gute Seiten entdeckt.

ERMITTLUNGSERGEBNISSE RIESELN WIE SANDKÖRNER DURCH DIE EIERUHR

Jörn Möller nutzte schon den nächsten Tag, um alle Zuhälter des Centers auf die Spur einer vor Kurzem gemieteten Garage in der Nähe vom Millerntor anzusetzen. Er gab noch mit auf den Weg, dass in der Garage ein SUV in Silbermetallic abgestellt worden sein soll. Dank des guten Verhältnisses, welches er mit diesen harten Kerlen pflegte, ging er zu Recht davon aus, dass die in seinem Sinne tätig wurden. Jetzt musste er warten.

Erkan Celik streckte zur gleichen Zeit seine Fühler nach Zuträgern aus, die die Hells Angels in Santa Fu hatten.

Den Spitznamen der Strafanstalt hatte die Presse erfunden, als besonders in den siebziger Jahren vielen Häftlingen der Ausbruch gelang. Sie texteten: Santa Fu, und raus bist du!

In der JVA Fuhlsbüttel Hamburg saßen über 380 Häftlinge ein, die schwere Straftaten begangen hatten. Zu ihnen gehörte auch der Boss der Mongols.

In dem berüchtigten Haus saßen Sträflinge mit Strafen von bis zu 40 Jahren. Sie hatten nicht viel zu verlieren und dachten nur daran, so bald wie möglich auszubrechen. Der Chef der Mongols hatte allerdings dazu noch keine Anstrengungen unternommen.

Andere hatten den Weg nach draußen durch Geiselnahme geschafft, aber auch durch Flucht im Hubschrauber vom Gefängnishof. Die Planung dieser Aktionen gelangen mithilfe von Kassibern, in denen Anweisungen nach draußen gelangten, sei es durch Besucher, korrupte Verteidiger oder auch beim Abtransport von Schmutzwäsche und Anlieferung von Nahrungsmitteln und sonstigen Verbrauchsgütern.

Die Vollzugsbeamten versuchten mit psychologischer Hilfe die aggressive Stimmung der Häftlinge durch Sommerfeste und Sportveranstaltungen erträglich zu halten. Aber des Öfteren mussten solche Tage fürs nächste Jahr abgesetzt werden, weil die Insassen den für kurze Zeit gewährten Freiraum bei der letzten Veranstaltung missbraucht hatten. Der Informationsaustausch der Sträflinge mit draußen wurde dadurch ziemlich eingeschränkt.

Sportfeste waren für die Männer ein besonderes Highlight. Gewichtheben, Bankdrücken, Liegestütze im Vergleich mit Mitgefangenen setzten Adrenalin frei und boten in diesem tristen Umfeld bei Siegen kleine Glücksgefühle. Ein solches Sportfest hatte gerade stattgefunden.

Erkan wollte von seinen Zuträgern wissen, und zwar möglichst schon gestern, wer zu den Besuchern des Chefs der Mongols gehörte und über welche Kanäle in jüngster Zeit von dem Aufträge nach draußen geschmuggelt worden waren.

Erkan erwartete Antworten frühestens in drei bis vier Tagen.

Am schnellsten brachten seine Spitzel in Erfahrung, wer den Mongols-Chef besuchte. Das war zum einen sein Anwalt, ein stadtbekannter Winkeladvokat, der sicherlich auch Anweisungen an den Club übernahm. Der wurde deshalb sowohl beim Kommen als auch beim Gehen gründlich gefilzt, aber diese Herrschaften brauchten in der Regel keine Kassiber. Sie transportierten die Botschaften in ihrem Kopf.

Zum anderen kam regelmäßig seine Lady, Elvira Lang, zu Besuch. Sie war, als er in Santa Fu einfuhr, bereits schwanger. Er hatte sich mit krankhaftem Misstrauen anhand eines positiven Schwangerschaftstests davon überzeugt.

Ein gesunder Junge, Piet genannt, war inzwischen auf die Welt gekommen und sein ganzer Stolz. Sie durfte den Kleinen zu den Besuchen mitbringen. Der stolze Vater hatte sogar ein Foto des Filius in seiner Zelle.

Elvira kümmerte sich sehr um das Kind, es war ihre Rückversicherung und vergrößerte die Chance, nach Absitzen der Strafe geheiratet zu werden.

Erkan war sofort klar, dass Elvira auch dafür gut war, Befehle nach draußen zu tragen.

Zeitlich versetzt erfuhr er noch, dass der Mongol regelmäßig Kassibern mit der Schmutzwäsche in die Freiheit expedierte. Die waren in Umschlägen mit einer Postfachadresse enthalten, die ein Angestellter der Wäscherei gegen eine satte Belohnung in einen öffentlichen Briefkasten warf.

Von der Sonderkommission Rocker gab es zunächst kein Update für die Angels. Auch Erkan hielt sich zurück, die eigenen Nachforschungsergebnisse kundzutun. Hier war Helmut Stange das heimliche Bindeglied. Er hatte das Ohr an den Bemühungen seiner Kollegen und wollte zur gegebenen Zeit dafür sorgen, dass Ergebnisse seinen Rockerbrüdern irgendwie bekannt wurden. Auch in die andere Richtung wollte er Fahndungserfolge sofort melden. Irgendwie sollte die versprochene Kooperation Leben eingehaucht bekommen.

Die Beamten verzweifelten bei der Auswertung der Videofilme vom Autocorso. Anscheinend waren SUVs, und das noch in Silbermetallic, die Lieblingsautos der Rocker. 15 von ihnen wurden ausgemacht. In keinem war das Gesicht eines Fahrers oder Mitfahrers zu erkennen. Von zehn hatte man wenigstens das Nummernschild ausgewertet.

Kriminalhauptkommissar Bömmel hatte einen stimmigen Einfall, die Zahl der Wagen, die sie prüfen mussten, klein zu halten. Er war sich sicher, dass Auftragskiller in den Reihen der Rocker mit großer Wahrscheinlichkeit SUVs der preiswerteren Kategorie fuhren. Nach dieser Überlegung konnte die Zahl der Wagen, die vorerst nachgeprüft wurden, auf fünf reduziert werden. folgende Halter, die als Mongols polizeibekannt waren, wurden auf diese Weise herausgefiltert:

Hans, Knippig,
Dennis Grote,
Hein Bertrams,
Günter Schimmel,
Heribert Schulz.

Zu diesen fünf Namen wurden auch fünf alte Ermittlungsakten gefunden. In ihnen ging es jeweils um Verdacht auf Mord und Totschlag. Mit diesem Zwischenergebnis brach man zunächst weiteres Aktenstudium ab und beschloss stattdessen, diesen Kerlen auf die Finger zu schauen. Man setzte darauf, dass einer von ihnen der Richtige war.

Helmut Stange brachte dezent die Möglichkeit ins Gespräch, auch über die Lady des Mongols-Bosses etwas in Erfahrung zu bringen.

»Wenn sie immer noch zu ihm hält, besucht sie ihn doch bestimmt auch hinter

Gittern. Es würde mich sehr wundern, wenn er ihre Besuche nicht für Aufträge an seine Leute ausnützte«, machte er die Kollegen aufmerksam, verschwieg aber, dass die Angels diese Quelle auch anzapfen wollten.

Auch über die Besuche des Anwalts im Gefängnis und das Gerücht über die Kassiber mit der Schmutzwäsche schwieg er zunächst. Wenn zu viele Köche im gleichen Brei rührten, verdarb dieser schnell.

Die Angels näherten sich einem Fahndungserfolg genauso schnell wie die Soko »Rocker«. Schon nach zwei Tagen wurde über einen Zuhälter eine Garage bekannt, die von einem Mongol namens Heribert Schulz erst kürzlich angemietet wurde. Schulz fuhr einen SUV in Silbermetallic! Innerhalb von drei Stunden war das Garagentor mit einem Zweitschlüssel geöffnet.

Der Wagen war in ihr versteckt und in der Kofferkammer befand sich in eine Wolldecke eingewickelt ein halbautomatisches Gewehr. Aus der Waffe war kürzlich geschossen worden. Sie waren sich sicher, dass es sich um *das Gewehr*, nämlich die Tatwaffe handelte.

Schnell bekamen sie heraus, dass Heribert Schulz in einer Wohnung in Billstedt gemeldet war. Diese Adresse fuhren vier bewaffnete Angels-Rocker unter der Führung von Erkan Celik in den frühen Abendstunden an. Ihm war diese Aktion eine Herzensangelegenheit, bot sie doch die Möglichkeit einer schnellen Strafaktion, die Kalle Torf für sein schlimmes Schicksal verdient hatte.

Doch mit dem Öffnen der Wohnungstür durch eine schlampige Rockerbraut nahm die Hoffnung fürs Erste ein Ende. Die Männer nahmen die Frau zwar hart ran, doch sie blieb dabei, dass Schulz die Wohnung bereits vor mehreren Tagen verlassen habe, ohne zu sagen, wohin. Er habe sie mit Drohungen verdonnert, auf ihn zu warten.

»Ich habe ihn um etwas Geld angebettelt, um über die Runden zu kommen. Aber das Arschloch hat nur dreckig gelacht und gemeint:

‚Lass dich doch ficken, dann hast du Knete.‘

Da war mir klar, er hatte mich abgeschrieben. Ich war schon zweieinhalb Wochen über die roten Tage, das gefiel ihm gar nicht, er sagte eiskalt:

»Eine mit 'nem dicken Bauch will ich nicht. Du bist jetzt nur noch geeignet als meine Putze.«

Seine Drohungen und sein höhnisches Gesicht haben mir Angst gemacht. Ich habe mich seitdem nicht mehr aus der Wohnung getraut. Der hätte mich totgeschlagen, wenn ich bei seiner Rückkehr nicht da gewesen wäre. Ich habe die ganzen Vorräte aufgegessen, die ich fand. Jetzt sterbe ich fast vor Hunger.«

Erkan sah schließlich ein, dass die Frau wirklich nicht wusste, wohin Schulz verschwunden war. Eine letzte Erklärung von ihr hatte ihn schlussendlich überzeugt:

»Ich bin mir nur sicher, Heribert hatte große Sorgen, der hatte richtig Schiss vor irgendetwas. In einer solchen Stimmung ließ er seinen Frust immer an mir aus. Wenn alles okay war, wollte er Sex, und dann war er immer ganz anders. Deshalb bin ich auch nie von ihm losgekommen.«

Tränen schimmerten in ihren Augen.

»Wenn du irgendetwas von ihm hörst, meldest du dich unter dieser Handynummer. Wenn nicht, setzt es einen Satz heiße Ohren. «

Mit diesen Worten schrieb ihr Erkan mit dem Kuli eine Nummer auf den Unterarm. Dann waren die vier wieder durch die Tür.

Helmut Stange übernahm es heimlich, seine Kollegen über die Erkenntnisse seiner Rockerbrüder zu informieren. Er gab ihnen den Namen des Auftragskillers Heribert Schulz bekannt und auch die Adresse, unter der er gemeldet war.

Kurz überlegte er, seine Rockerbrüder zu überzeugen, auch die wahrscheinliche Tatwaffe im Sinne der zugesagten Kooperation für eine ballistische Überprüfung zu übergeben. Letztlich kam er jedoch zu dem Schluss, dies zu unterlassen.

Er hatte zu große Bedenken, dass seine Brüder misstrauisch würden bei einer so weitgehenden Idee. Er wollte seine verdeckte Position in ihrer Mitte nicht gefährden. Fürs Erste reichte die eigene Überzeugung, dass die im SUV aufgefundene Pistole die Tatwaffe war.

Er wusste aber auch, dass damit in den Köpfen seiner Brüder klar war, dass sie eine Strafaktion nicht der Polizei überlassen, sondern selber durchführen mussten. Dieser Umstand machte Helmut erhebliche Bauchschmerzen. Als Polizist konnte er eine solche Selbstjustiz nicht zulassen. Doch er beschloss, zunächst mit dieser Gefahr zu leben und erst, wenn es wirklich akut wurde, nach einer Hilfslösung zu suchen. Noch war Polen nicht verloren!

Erkan Celik dachte fieberhaft nach, wie er Heribert Schulz doch noch aufspüren und bestrafen konnte. Recherchen in den einschlägigen Kneipen der Mongols oder auch bei Brüdern, mit denen er immer zusammen war, waren vergeblich gewesen. Er grübelte alleine an einer zündenden Idee. Er wollte den Killer endgültig beseitigen, und dabei war ihm wichtig, auf jeden Zeugen zu verzichten, selbst auf einen Rockerbruder. Schließlich wurde jedes fremde Ohr oder Auge, was einer solchen Tat beiwohnte, zu einer dauerhaften Gefahr. Was er alleine ausbrütete, erschien ihm schließlich die richtige Lösung. Die Kette seiner Gedanken schien ihm perfekt: Der Killer rechnete damit, dass seine Jäger ihm auf die Spur kämen, wenn sie sich nicht schon auf ihr befanden. Die Hansestadt war für ihn kein sicheres Pflaster mehr. Er musste weg. Viel hatte er nicht, was sich mitzunehmen lohnte. Lediglich sein SUV war von Wert. Mit den falschen Nummernschildern eignete er sich sogar als Fluchtauto.

Die Zeit der intensiven polizeilichen Suche nach diesem Wagen war inzwischen vorbei. Das Risiko, mit dem Auto am späteren Abend die Stadt zu verlassen, bewertete Heribert Schulz als klein. Er würde den Wagen aus der Garage holen und gleichzeitig die Tatwaffe entsorgen.

»So würde ich es jedenfalls machen«, bestärkte sich Erkan in seinen Überlegungen.

EIN MORD AN EINEM AUFTRAGSMÖRDER

Erkan beschloss, in der Garage auf den Kerl zu warten.

Dort sollte dessen Flucht ein für alle Mal zu Ende gehen, und zwar ohne Zeugen und Spuren. Ich lege mich auf die Lauer wie die Spinne am Netz, dachte er zufrieden. Die Dinge, welche er für die Tat brauchte, speziell auch um Spuren zu verwischen, schrieb er akribisch zusammen und war am Ende froh, dass sie in eine Sporttasche passten.

Er fuhr mit der S-Bahn bis in die Nähe der Garage. Er durfte kein eigenes Fahrzeug mit sich führen, denn nach seiner Planung musste er den Killer und dessen Wagen entsorgen. Das war nicht ohne Risiko möglich, doch das wollte er für Kalle Torf eingehen. Er wollte dieses Risiko aber so weit wie möglich minimieren.

Heribert Schulz fühlte sich gehetzt. Das Geld für den misslungenen Auftragsmord erwies sich als nicht leicht verdient. Freiwillig würde er es nicht bekommen, und er war nicht in der Lage, es offen einzufordern. Schließlich wurde nach ihm gefahndet. Ich muss weg aus dieser Stadt, die mir Unglück bringt, dachte er. Der Wagen muss mit. Er ist mein einziges Eigentum von Wert und für die Flucht von Nutzen. Er beschloss, die Garage bei Anbruch der Dämmerung aufzusuchen, um vorsichtig zu erkunden, ob sein Wagen noch unentdeckt dort stand. Er hatte genügend Zeit, bis dahin andere Nummernschilder zu klauen. Sie sollten selbst aufmerksame Beobachter von der Erkenntnis abhalten, sie stünden vor dem Täterwagen.

Schulz hatte zu Mittag noch nichts gegessen. Bis zur Dämmerung blieben ihm noch mehrere Stunden.

Diese Zeitspanne reichte, um etwas zu essen und auch die Nummernschilder zu entwenden.

Als er sich der Garage näherte, war sein Nervenkostüm äußerst angespannt. Hochkonzentriert beobachtete er deren Umfeld. Nichts rührte sich. Heribert hatte inzwischen Handschuhe angezogen. Er wollte keine Spuren hinterlassen. Den Schlüssel, den er vom Vermieter bekommen hatte, trug er mit sich. Vorsichtig steckte er ihn ins Schlüsselloch. Nichts Verdächtiges fiel ihm auf, und er drehte den Schlüssel herum. Das war ein gutes Gefühl. Die Tür war also von Dritten nicht geöffnet worden. Es sah ganz so aus, als ginge alles problemlos vonstatten. Heribert atmete erleichtert durch. Wenn ihn jetzt niemand mehr störte, konnte er schnell verschwinden.

Bis zur Stadtgrenze waren es höchstens 15 Minuten. Danach sank das Interesse an diesem Wagen um viele Prozentpunkte. Aber Schulz wollte den Tag nicht vor dem Abend loben.

Er öffnete vorsichtig das Garagentor. Für das Hochschieben in den zwei Kufen links und rechts brauchte er beide Hände.

Das Tor quietschte leise dabei, rollte aber zügig nach oben.

Es braucht Öl, dachte er. Immer mehr vom Inneren der Garage kam in sein Blickfeld, doch er sah nur Dunkelheit. Plötzlich änderte sich dies. Ein greller Lichtstrahl leuchtete ihm ins Gesicht und machte ihn völlig blind. Instinktiv schloss er die Augen, er witterte aber auch Gefahr. Als Letztes hörte er ein sattes Ploppen, dann drang die Kugel aus der Pistole mit dem aufgesetzten Schalldämpfer in seine Stirn. Er war sofort tot.

Das Licht der Lampe erlosch wieder.

Erkan Celik verharrte für einen Moment völlig ruhig an seiner Stelle. Erst als sich gut eine Minute lang nichts tat, ging er mit leisen Schritten zum Tor und zog es sacht von innen zu. Danach benutzte er wieder die Taschenlampe, allerdings nur mit Abblendlicht. Er musterte den Toten, unter dessen Kopf sich eine Blutlache langsam vergrößerte.

Zwei Nummernschilder lagen neben der Leiche. Er wusste sofort, wofür die gedacht waren. Er musste die Aufgabe von Schulz übernehmen und sie gegen die echten Schilder austauschen.

Erkan machte sich schnell ans Werk, obwohl er noch unter Schock stand, wie leicht ihm sein erster Mord gefallen war, auch wenn er für Kalle Torf geschah. Er wollte aber nun den Tatort so rasch wie möglich verlassen, und dies ungesehen. Der Türke hatte die ganze Zeit Plastikhandschuhe angehabt und Überzieher über den Schuhen, um in der Garage keine persönlichen Spuren zu hinterlassen. Auch trug er eine Stoffbinde vor Mund und Nase, um Speicheltröpfchen zu vermeiden. Nun öffnete er seine Sporttasche und holte nacheinander die Utensilien heraus, die er brauchte, zunächst zwei graue Müllsäcke. Die zog er von oben und unten über die Leiche. Das halbautomatische Gewehr steckte er hinzu und die echten Nummernschilder. Das Paket wuchtete er in die Kofferkammer und schloss sie.

Nun begann der gefährlichste Teil. Er musste sich mit dem SUV nach draußen wagen. Seine Fahrt sollte Richtung Kuhmühlenteich an der Alster gehen. Dort kannte er eine Stelle, wo er den Leichnam aus dem Wagen direkt ins Wasser gleiten lassen konnte.

Er hatte sich überzeugt, dass die Stelle in der Dunkelheit menschenleer war. So traf er sie hoffentlich auch diese Nacht an. Danach galt es, den Wagen loszuwerden, doch alles nacheinander!

Die Fahrt zum Kuhmühlenteich verlief ohne Probleme. Der Uferrand, an dem er den Leichnam ins Wasser befördern wollte, war erfreulicherweise wieder menschenleer.

Als die Säcke auf dem Wasser dümpelten und mit dem Gewicht, das sie trugen, langsam absanken, saß er schon wieder im Auto und fuhr in Richtung der Kiesgrube bzw. Bodenkippe, in der er den Wagen entsorgen wollte.

Seine Anspannung löste sich bereits ein wenig.

Immerhin hatte er keine verdächtigen Dinge mehr bei sich. Handschuhe und Schuhüberzieher waren in der Sporttasche verstaut.

Der Tatwagen war durch die falschen Nummernschilder nicht mehr sofort zu erkennen.

Den Fahrweg zur Bodenkippe hatte er vorab gecheckt.

Der ging knapp 20 Kilometer über die A24 Richtung Reinbek. Die Grube war nicht bewacht. Dort wollte er den SUV abfackeln. Die Fahrzeit betrug in etwa 20 Minuten.

Er parkte den Wagen direkt am Rand. In der Grube war alles ruhig.

Am einfachsten ging die Brandstiftung mithilfe einer Undichtigkeit im Kraftstoffsystem. Benzin gehörte zu den am stärksten entflammbaren Flüssigkeiten. Erkan bohrte den Tank an und warf aus einer sicheren Distanz eine glühende Zigarette ohne Filter auf die Stelle, an der der Treibstoff austrat. Das Feuer entfachte sich mit rasender Geschwindigkeit. Er hatte sich hinter Büsche zurückgezogen und beobachtete, wie es vom Motorraum auf den Innenraum der Fahrzeugkabine übersprang, wo die Bezüge ebenfalls schnell Feuer fingen. Nach einer Viertelstunde war er sich sicher, dass das Auto keine verwertbaren Spuren mehr von ihm aufwies. Er machte sich auf den Heimweg. In Reinbek nahm er die S-Bahn Richtung Hamburg. Eine halbe Stunde nach Mitternacht war er zu Hause. Er war geschafft, aber zufrieden.

DER LETZTE AUFTRITT DES ERMORDETEN AUFTRAGSKILLERS

Der nächste Morgen war regnerisch. Nur wenige Menschen gingen freiwillig vor die Tür. Gerd Klein gehörte zu ihnen.

Er war schon früh auf den Beinen und joggte die Alster entlang. Klein hatte einen Grund dafür, er hatte sich für den nächsten Marathon angemeldet. An dessen Termin wollte er total fit sein.

Mit seiner Kondition war er schon recht zufrieden. Klein lief leicht und locker und fühlte keine Erschöpfung. Er schaute auf die Uhr, eine Dreiviertelstunde hatte er noch vor sich, er war bereits auf Höhe der Wartenau-Brücke. Die Wasseroberfläche kräuselte sich im Wind und Regentropfen schlugen auf ihr auf. Es war sehr ungemütlich, sportlich unterwegs zu sein.

Ein langer Gegenstand hatte sich an der Uferböschung verfangen und dümpelte vor sich hin. Das erregte Kleins Neugierde. Der Sportler trippelte auf den Uferrand zu und lief dort auf der Stelle weiter. Er wollte sich die Sache genau ansehen.

Das Paket bestand außen aus zwei ineinandergeschobenen Plastiktüten, es konnten Müllsäcke sein. Sie waren prall gefüllt und an einer Stelle aufgerissen. Klein erstarrte, denn aus dem Loch lugte eine leblose Hand hervor.

Das geht nicht mit rechten Dingen zu, dachte er. Ich muss die Polizei informieren, schoss ihm durch den Kopf. Er zog sein Handy aus der Tasche der Jogginghose und wählte die 110.

»Notruf der Polizei, mein Name ist Karsten Clausen, was kann ich für Sie tun?«

Gerd Klein war überrascht, wie schnell er eine Verbindung hatte, aber er reagierte genauso schnell: »Guten Morgen, mein Name ist Gerd Klein. Ich habe an der Alster gejoggt. An der Uferböschung in Höhe der Wartenau-Brücke habe ich im Wasser ein in Plastik verschnürtes größeres Paket entdeckt. Aus ihm schaut eine menschliche Hand hervor. Ich glaube, es ist die Aufgabe Ihrer Kollegen, dem nachzugehen.«

»Vielen Dank für Ihre Übersicht.

Ich gebe Ihre Meldung weiter. Meine Kollegen werden bald bei Ihnen sein. Ich informiere zu unserer Unterstützung die Feuerwehr. Bitte warten Sie vor Ort auf uns.«

Gerd Klein sagte zu, am Fundplatz zu bleiben. Auch wenn das nicht in seinen Trainingsplan passte, war dies für ihn ganz klar erste Bürgerpflicht.

Ein Feuerwehrboot und ein Mannschaftswagen der Polizei kamen nach einer Viertelstunde zur gleichen Zeit an. Die vollen Müllsäcke hingen immer noch in der Böschung und die Hand war zu sehen. Die Männer waren sich schnell sicher, dass sie nicht umsonst gerufen worden waren. Sie machten sich sofort an die Bergung. Von der Fundstelle und dem Paket wurden jedoch zunächst einige Fotos gemacht. Das Boot der Feuerwehr fuhr das Bündel an. Die Männer in den Anzügen in roter Signalfarbe hievten es an Bord, legten es in eine rote Plastikschale und übergaben es am Uferrand an Kollegen an Land. Auch diese Aktionen wurden in Bildern festgehalten.

Der Platz am Ufer war inzwischen abgesperrt worden, wenngleich der Regen unerwünschte Gaffer sowieso abhielt. Dort legte man die Schale ab und Polizeikräfte öffneten vorsichtig den Sack. Eine komplette männliche Leiche kam zum Vorschein. Sie war noch nicht aufgeschwemmt, konnte nur kurz im Wasser gewesen sein. Die Kälte hatte noch dazu den Verwesungsprozess verlangsamt. Es war sofort erkennbar, dass der Tote keines natürlichen Todes gestorben war.

Der Mann hatte ein Einschussloch in der Stirn.

Zu ihrer Überraschung sahen die Beamten, dass nicht nur die Leiche in den Müllsäcken gelegen hatte. Sie fanden noch eine halbautomatische Waffe und Nummernschilder eines Fahrzeugs darin.

Der Leichnam wurde in die Rechtsmedizin des Universitätskrankenhauses Eppendorf transportiert. Der Kriminaldienst übernahm die weiteren Ermittlungen. Erste konkrete Mutmaßungen wurden diskutiert und brachten wichtige Erkenntnisse zutage:

»Es läuft doch zurzeit eine Großfahndung nach einem Auftragsmörder. Er soll mit einer halbautomatischen Waffe geschossen haben und die Kennzeichen seines SUV sind uns bekannt. Mit einer schnellen Rückfrage können wir klären, ob die gefundene Waffe die Tatwaffe ist und die Nummernschilder von dem gesuchten Wagen sind.«

Das Ergebnis der Rückfrage war positiv. Die Nummernschilder gehörten zum Wagen von Heribert Schulz. Der hatte mit einer halbautomatischen Waffe geschossen.

Ein Bild des Gesichtes der Leiche wurde ins Revier gemailt. Man fand eine deutliche Übereinstimmung mit dem Polizeibild des gesuchten Mongols-Rockers. Dessen Waffe war nun auch gegen ihn selbst gerichtet worden. Der Fall schien gelöst, doch dafür stellte sich jetzt die Frage nach dem Mörder von Schulz.

In der Sonderkommission Rocker fragte man sich, ob die Hells Angels, entgegen der Zusage, zu kooperieren, einen eigenen Rachefeldzug geführt hatten. Das blieb zunächst eine interne Überlegung. Nach außen hingegen wurde fürs Erste die erfolgreiche Aufklärung des Mordversuchs am Rockerboss pressewirksam bekannt gegeben:

»Der für den Mordversuch am Boss der Hells Angels gesuchte Mongols-Rocker Heribert Schulz wurde am frühen Morgen des Vortags von einem Jogger als Leiche in der Alster auf Höhe der Wartenau-Brücke entdeckt. Mit einem Kopfschuss getötet und in zwei Müllsäcke eingepackt bargen Männer der Feuerwehr und Beamte des Kriminaldienstes seine Leiche. Mit in den Säcken befanden sich seine Waffe und die Nummernschilder seines SUV, der zur Fahndung steht und bisher nicht aufgefunden wurde. Schulz wurde mit der eigenen Waffe getötet, mit der er den Rocker-Boss zuvor schwer verletzt hatte.«

Mit dem Text ging das Foto von Schulz an die Medien.

Man verwendete das, welches in seiner Polizeiakte war, und erhoffte von seiner Veröffentlichung weitere Informationen von Lesern, die ihn erkannten und etwas wussten.

Der Kriminaldienst setzte seine Ermittlungen fort.

Die Sonderkommission Rocker unter Markus Bömmel sollte einen Glückstag erleben. Zunächst meldete sich ein Mann, der an Heribert Schulz nahe dem Millerntor eine Garage vermietet hatte.

»Ich habe Herrn Schulz in der Zeitung auf dem Bild erkannt. Ich bin sofort zu der Garage gelaufen, sie war leer. Aber auf dem Fußboden fand ich einen großen roten Fleck vor. Ich nehme an, das ist Blut.«

Man hatte ihn zu Markus Bömmel durchgestellt. In dessen Kopf begannen die Gedanken zu wirbeln. Eine Garage in der Nähe vom Millerntor stimmte mit ihren Thesen überein!

Der Kriminalhauptkommissar sprach mit ruhiger Stimme zu dem Anrufer:

»Ihr Anruf ist für uns sehr hilfreich. Bitte bleiben Sie bei der Garage. Rühren Sie bitte nichts an. Nennen Sie mir Ihren genauen Standort und Ihre Handynummer.

Wir werden so schnell wie möglich bei Ihnen sein. Erschrecken Sie nicht, die Spezialisten unserer Spurensuche werden dabei sein.

Wir kommen also in großer Zahl. Diese Beamten sehen ein wenig wie Marsmenschen aus. Sie tragen Spezialkleidung, um mögliche Spuren in der Garage nicht zu kontaminieren.«

Der Garagenbesitzer war sehr erregt. Er brachte nur leise hervor: »Sie können sich auf mich verlassen.«

Schuldbewusst hatte er die Information zurückgehalten, dass er einem Zuhälter bereits den Ort der Garage genannt hatte. Er wollte keinen Ärger mit der Polizei, aber auch nicht mit dem Zuhälter.

Bis die Pkw-Ruine in Reinbek dem Mordfall Schulz zugeordnet worden war, verging einige Zeit. Der ausgebrannte SUV wurde erst um die Mittagszeit gefunden. Die Zahlen und Buchstaben auf den Zulassungsschildern waren noch erkennbar und wiesen zur Hansestadt hin. Dort brauchte man bis zum späten Nachmittag, um die Information beizusteuern, dass die Schilder als gestohlen gemeldet worden waren. Erst jetzt kam ein findiger Beamter auf den Gedanken, dass es sich bei dem Wagen um den des ermordeten Rockers handeln könnte.

Die Sonderkommission wurde informiert und machte sich einschließlich des Teams für die Spurensuche auf den Weg. Das Wrack wurde als SUV bestätigt. Persönliche Hinweise und Spuren von Schulz oder seinem Mörder waren in den total ausgebrannten Autoresten nicht zu erkennen. Doch die Gründlichkeit der Nachsuche zeigte Früchte. In den Ascheresten, die man sorgsam durchsiebte, fanden sich der Zündungsschlüssel nebst einem weiteren Schlüssel, der sich als Schlüssel der Garage herausstellte. Die Brücke zum Mordfall Schulz war geschlagen!

Schnell erbrachte die interne Diskussion eine These zum Tatablauf: Der Mörder von Schulz hatte sein Opfer in der Garage erwartet. Er rechnete damit, dass Schulz mit seinem Wagen fliehen wollte und hatte vor, ihn zu töten und zusammen mit dem Wagen zu entsorgen.

Um möglichst während seiner Flucht von der Polizei nicht anhand der Nummernschilder entdeckt zu werden, hatte Schulz andere Nummernschilder gestohlen und montiert.

Die Garage wurde Tatort des Mordes an Schulz, das bewies der große Blutfleck, der seiner Blutgruppe entsprach.

Der Mörder entsorgte Schulz an der Alster, dann musste er auch noch den Wagen loswerden. Dafür hatte er wohl schon im Voraus die Bodenkippe in Reinbek vorgesehen.

Hinweise auf den Täter fanden sich dort nicht. Der Brand hatte alle Spuren vernichtet.

An vorderster Stelle blieb jedoch die Mutmaßung, dass es sich bei dem Täter um ein Mitglied der Hells Angels handelte, jemand, der Kalle Torf rächen wollte. Die Männer der Soko beschlossen, vordringlich in diese Richtung zu recherchieren. Sie wollten dazu, auch ihren verdeckten Ermittler Helmut Stange stärker in die Pflicht nehmen. Der wurde vergattert, Augen und Ohren für sie in der Rockerszene offen zu halten.

Stange hatte Schuldgefühle, weil er schon das ein oder andere hinter dem Berg gehalten hatte.

Er musste sich neu sortieren. Seine Gefühle blieben höchst zwiespältig. Er hatte seine Kollegen mit den notwendigen Informationen zu versorgen, aber wollte nicht so weit gehen, dass die Rocker ihn als verdeckten Ermittler enttarnen konnten.

MISSTRAUEN UND UNRUHE
BEHERRSCHEN DAS KLIMA

Bei den Hells Angels Hamburg herrschte Unruhe. Kam der Todesschuss auf Schulz aus ihren Reihen? Misstrauen dominierte das Clubleben.

Kalle Torf war mittlerweile in der Reha, weit weg vom Schuss.

Er fühlte sich alt und unnütz. Noch nie hatte es das gegeben, dass er nicht wusste, ob oder was in seinem Chapter geschah. Mit all seiner Erfahrung befürchtete er, dass der Tod an Heribert Schulz auf einen seiner Leute zurückging, doch er fand selbst mit bohrenden Fragen keine Gewissheit.

Seiner Stellung wurde dieses Ergebnis nicht gerecht. Wie es weitergehen sollte, beschäftigte ihn nun schon Tage.

Jörn Möller plagten schlimme Befürchtungen. Ihn sprang förmlich an, dass der Mord auf Erkan Celik zurückging.

Hatte der doch gesagt: »Ich werde alles für Kalle Torf tun.«

Erkan war konsequent und stand zu seinen Worten.

Aber auch der Dritte in ihrem Bund, Helmut Stange, war Jörn irgendwie unheimlich geworden. Sein Nachbar und Freund zeigte sich sehr zurückhaltend. Er äußerte sich nicht zu dem Vorfall, schwieg zu allen Bewertungen und wirkte oft abwesend.

Jörn konnte dessen Gefühlslage gar nicht mehr einschätzen.

Auch die gemeinsamen Exkursionen waren drastisch zurückgegangen. Vorschläge von Helmut blieben aus.

In Helmut brodelten Schuldgefühle in ganz andere Richtung. Hatte er zu lange gezaudert, seine Polizeikollegen zu informieren? Er machte sich mächtige Vorwürfe. Was wäre gewesen, wenn?

Diese Frage stellte er sich immer wieder.

Er hatte wirklich wichtige Informationen zurückgehalten.

Dass Kemal Yanar, der Chef der Mongols, seine Aufträge über Elvira Lang, einen Mitarbeiter des Schmutzwäschedienstes oder auch über seinen Winkeladvokaten nach draußen gegeben hatte, hatte er ihnen nicht weitergegeben.

Deshalb sah er sich irgendwie mitverantwortlich für den Tod von Heribert Schulz.
Der Chef der Mongols hielt in Santa Fu seine Füße still.

Sein Auftrag, Kalle Torf zu ermorden, war zum Rohrkrepierer geworden.

Torf hatten sie zwar massiv geschädigt, doch den auf ihn angesetzten Mörder hatte
es mittlerweile als Retourkutsche viel schlimmer erwischt. Heribert Schulz war tot.

So konnte der Mongols-Boss seine Macht aus dem Gefängnis heraus nicht unter Beweis stellen. Da musste ein Paukenschlag her, der die Gewichte wieder zurechtrückte.

Gleichzeitig machte er sich Gedanken, wie er sich gegen die Ermittlungen der Polizei
absichern konnte, die versuchte, ihm den Mordauftrag gegen Kalle Torf anzuhängen.

Der Mongol ging davon aus, dass sein Anwalt keinesfalls ein Problem wurde. An ihn
erfolgten alle Anweisungen nur verbal.

Dies zuzugeben, würde ihn die Zulassung kosten und wahrscheinlich sogar Gefängnis einbringen.

Auch seine Lady hielt nun mit dem gemeinsamen Nachwuchs total zu ihm. Auch
sie würde ihren Mund halten. Er hatte ihr trotzdem wegen der derzeitigen Unruhen
die Besuche im Gefängnis untersagt.

Nur für den allergrößten Notfall hatten sie eine Kontaktmöglichkeit ganz moder-
ner Art verabredet. Elvira konnte eine verschlüsselte Nachricht in das Slot-Portal des
Fernsehsenders RTL absetzen. Das landete bei RTL im Videotext, den er im TV im
Gefängnis ungehindert sehen konnte. Bisher hatte er diese Möglichkeit allerdings
noch nicht nutzen müssen.

Bei dem Mitarbeiter des Schmutzwäsche-Dienstes war er sich nicht so sicher. Der
konnte gegebenenfalls gegen das Versprechen von Straffreiheit aussagen. Hier musste
er sich etwas einfallen lassen. Er hatte auch schon eine erste Idee, doch er wollte nicht
vorschnell handeln. Was zu tun war, musste sitzen, und deshalb waren in dessen
Richtung weitere Überlegungen angesagt.

Die Sonderkommission hatte, dem Hörensagen nach, versucht, über ihr bekannte
Vertrauenspersonen aus der Szene Informationen zu erhalten. Diese Kerle waren
Gott sei Dank von Eigeninteresse getrieben, erhielten Vergütungen, und die Soko
konnte ihre Auskünfte nur bedingt als bare Münze nehmen. Der Chef der Mongols
beschloss trotzdem, dieses Gelichter von den eigenen Leuten so massiv bedrohen
zu lassen, dass es die Klappe hielt.

Er verlor auch nicht aus dem Auge, erneut an den Hells Angels wegen des Todes
von Schulz Rache zu nehmen.

RACHE, SCHADENSBEGRENZUNG UND STÜHLERÜCKEN

Kemal Yanar, der Chef der Mongols, setzte als Erster Ausrufezeichen. Die Anweisungen dafür gingen nur mündlich nach draußen.

Zwei Tage später bereits wurde der Mitarbeiter des Schmutzwäschedienstes auf dem Heimweg von der S-Bahn-Haltestelle durch ein Auto erfasst und tödlich verletzt. Er starb an inneren Blutungen.

Der Unfallverursacher hatte für seine Tat ein kurzes Stück einer Baumallee ausgewählt, die in der Dämmerung völlig menschenleer war. Der Unfallwagen kam noch am selben Abend in die Schrottpresse und war als gepresster Block nicht mehr auffindbar. Die wenigen Blutspuren hatte der Mörder vorher sorgsam abgewischt.

Auch die zweite Aktion gelang mit Bravour: Er hatte den mündlichen Auftrag erteilt, zwei Hells Angels aus Rache für den Mord an Heribert Schulz zu erschießen. Ein Zeitpunkt war nicht vorgegeben. Der Mörder sollte selbst einen geeigneten Ort und Zeitpunkt wählen.

So erwischte es erst 14 Tage nach dem Auftrag zwei Angels, die am Rückhaltebecken der Tarpenbek in Hamburg-Langenhorn angelten. Der Killer schoss mit Schalldämpfer aus einem nahen Buschwerk. Die Pistole wurde noch am selben Abend in der Elbe entsorgt. Über das Warum der Tat wurde zwar richtig gemutmaßt, aber letztlich blieben die beiden Morde ungeklärt.

Kriminalhauptkommissar Bömmel sah seine Möglichkeiten dahinschwinden, dem Chef der Mongols etwas anzuhängen, damit der noch möglichst lange in Santa Fu bleiben würde. Langsam gingen ihm die Ideen aus, womit er zum Ziel kommen könnte.

Schließlich beschloss er doch, dessen Lady Elvira Lang ins Gebet zu nehmen. Vielleicht gelang ihm ja ein Zufallserfolg.

Er begann zunächst sehr loyal und höflich. Die üppige Frau versuchte es deshalb instinktiv auf naive, niedliche Art und Weise. Sie führte ihm die schöne Wohnung vor und präsentierte voll Stolz den Sohn. Von ihrem Schatz sprach sie in höchsten

Tönen nur Gutes. »Der sitzt völlig zu Unrecht ein«, meinte sie mit ernstem Gesicht.
Nach so viel Gefasel wurde es dem Kriminalhauptkommissar zu bunt.

Nun redete er Tacheles: »Ich gehe davon aus, dass du deinen Mann hier draußen bestmöglich unterstützt.«

»Da liegst du richtig. Ich tue alles für ihn, er hat da drinnen doch genug zu leiden.«

»Dann hilfst du ihm bestimmt auch, sein Geschäft am Laufen zu halten. Gibst du seine Befehle an seine Leute weiter?«

Er hatte so getan, als ginge es bei der Frage um einen normalen Geschäftsvorgang. Nun hielt er den Atem an und wartete, ob sie ihm in die Falle tappte.

Doch ihr Gesicht wurde maskenhaft wie das einer Geisha.

Sie blieb bei Bömmels Wortgebrauch, als sie antwortete:

»Ein Gentleman lässt seine Frau bei Geschäftsangelegenheiten außen vor. So ist das natürlich auch bei uns geregelt.

Damit habe ich nichts zu tun.«

Bömmel startete noch zwei weitere Versuche, doch auch dabei scheiterte er. Die Kleine war nicht auf den Kopf gefallen. Er verabschiedete sich ohne jeden Erfolg.

Kalle Torf traf als Zweiter eine wichtige Entscheidung. Er teilte seinen Offizieren mit, dass er sein Präsidentenamt wegen der Behinderung abgeben wolle. Um wirklich Nägel mit Köpfen zu machen, kündigte er an, nach Kiel umzuziehen. Er liebte das Meer und wollte mit seinem Rollstuhl die Uferpromenade der Kieler Förde zu seinem neuen Tummelplatz machen.

Sein Freund, der Vize der Hells Angels Kiel, Lars Knof, hatte ihm eine günstige Wohnung besorgt, für deren Miete er bei seiner bescheidenen Rente aufkommen konnte. Sie lag im Parterre und erlaubte ihm, mit dem Rollstuhl hineinzufahren. Das Haus stand in der Nähe des Kieler Käpten Flint. In diesem Lokal hatten die beiden Männer sich des Öfteren die nötige Lust angetrunken, bevor sie in eines der Bordelle direkt um die Ecke gingen.

Als seinen Nachfolger schlug Torf Erkan Celik vor. Dessen Wahl zum Präsidenten erfolgte einstimmig.

Erkan Celik sondierte seine Ausgangslage. Sollte es nach Kalle Torf, der ein besonderer Typ war, einfach ein Weiter-so geben, oder wollte er von vornherein der neuen Ära einen eigenen Stempel aufdrücken? Kalle hatte kriminelle Elemente im Club bekämpft. Erkan kam zu dem Schluss, dass, wie inzwischen bundesweit, Kriminalität in den Clubs nicht völlig aufzuhalten war. Der Hells-Angels-Club Hamburg war sowieso verboten und hatte sein Fett bereits weg. Warum sollte er dann allzu strenge Maßstäbe für die Moral und das Verhalten neuer Brüder ansetzen? Er wollte mit der Zeit gehen und sie eher tolerieren. Im Einzelfall konnte er schließlich immer noch durchgreifen, denn auch für ihn gab es Grenzen. Er beschloss, aus dem Anbau des Clubhauses auszuziehen und war mit Kalle Torf einig geworden, in dessen komfortable Einzelwohnung überzuwechseln. Das konnte bald geschehen, denn Kalle war bereits auf dem Abflug nach Kiel.

Erkan übergab seine Wohnung am Clubhaus an Muhammed Akyo, der wie er ein Türke war. Der hatte allerdings ganz andere Vorstellungen, für was sich diese Unterkunft eignete. Sie sollte ihm helfen, dort draußen im Grünen illegale Geschäftsideen zu verbergen.

NEUE BESEN KEHREN ANDERS, ABER AUCH GUT?

Muhammed Akyo hatte schon einige Jahre als Geschäftsführer einer Tippstelle für Sportwetten gearbeitet. Auf Dauer entsprach das jedoch nicht der Art von Tätigkeit, die er für sich angebracht hielt.

Das richtige Geld wurde eindeutig bei den Wettanbietern verdient. Auf diese Stufe wollte er kommen. Bei seiner Suche nach Möglichkeiten wurde er mit einem Spezialisten eines Kölner Anbieters bekannt. Nachdem sie sich länger kennen und schätzen gelernt hatten, machte der Mann ihm ein verlockendes Angebot. Für ein »Honorar« von stattlichen 250.000 Euro wollte er ihm in Hamburg eine vergleichbare Firma aufbauen, die nach einem System, welches nicht ganz legal war, aber seit vielen Jahren sicher durchgeführt wurde, eine super Rendite versprach.

Akyo zählte 1 und 1 zusammen. Etwa 400 Tippstellen wurden in Hamburg von Angels-Brüdern geführt. Er war sich sicher, dass er sie vom Vertrieb seiner Produkte überzeugen konnte. Im Moment seines Starts konnte er somit schon ein recht großes Rad drehen.

Zusammen mit den Investitionskosten für Geschäftsräume, einen Maschinenpark und Mitarbeitergehältern sowie der Honorarsumme benötigte er eine knappe Million Euro.
   Die Kalkulation war so sicher, dass sein neu gewonnener Freund sich bereit erklärte, für den hohen Zinssatz von 15 Prozent die Vorfinanzierung zu übernehmen.

In Hamburg-Pöseldorf fanden die beiden in einem sanierten Altbau mit ansehnlicher Stuckfassade sehr seriös wirkende Geschäftsräume.

Das illegale Geschäftsverfahren begriff Muhammed Akyo schnell. Mit ihm gelang es, Wettumsätze vor dem Fiskus zu verstecken, der gesetzlichen Anspruch auf die Wettsteuer hatte. Dafür wurden zwei nebeneinanderlaufende Buchhaltungen aufgesetzt.

Wetten, die über den ersten Server liefen, traten als normale Umsätze in der Buchhaltung auf und wurden richtig versteuert.

Die Umsätze auf dem zweiten Server wurden vor dem Fiskus versteckt, um die Wettsteuer selbst zu behalten.

Die Kunden merkten nicht, dass, je nachdem, an welchem Apparat sie tippten, ihr Geld einen unterschiedlichen Weg nahm.

Für Muhammed Akyo war sofort klar, dass unter seiner Firmenadresse in Pöseldorf nur die Buchhaltungsunterlagen für die richtig versteuerten Umsätze aufbewahrt werden durften, wie auch alle anderen Unterlagen, die nicht zu beanstanden waren.

Das doppelte Buchhaltungssystem sollte outgesourct und von dort sollten nur die richtigen Zahlen in die Geschäftsstelle übertragen werden. Muhammed wollte die zwei dafür benötigten Server in der alten Wohnung von Erkan Celik unterbringen. Dafür wurde der Raumbedarf errechnet und die benötigte Fläche hinter einer gedämmten Holzpaneelen-Wand mit eingesetzter Geheimtür, die sich hinter einem Rollschrank verbarg, hergestellt.

Black Cash, nannte er spöttisch die Einnahmen des zweiten Servers. Das System funktionierte vortrefflich.

Akyo verfügte schon nach kurzer Zeit über so viel Schwarzgeld, dass er ohne Probleme seine Schulden begleichen und an ein weiteres Traumprojekt herangehen konnte. Er dachte an das illegale Betreiben einer Cannabisplantage. Damit würde er gleichzeitig zwei Fliegen mit einer Klappe treffen: Der illegale Profit aus dem Wettgeschäft verschwand von seinen Bankkonten und wandelte sich in Investitionskosten um.

Das Ganze verminderte die Gefahr, dass ein neugieriger Bankangestellter sich zu sehr für seine Geschäfte interessierte.

Er dachte an eine versteckte Drogenplantage ebenfalls draußen im Grünen. Deren Bau war bisher an den hohen Investitionskosten für alle aufwendig zu installierenden technischen Anlagen, die viel Strom verbrauchten, gescheitert.

Muhammed rechnete schon vor seinem inneren Auge, wie rasch sich diese Investitionen aus den Einnahmen am gierigen Drogenmarkt amortisieren würden. Für eine Plantage hatte er das Gehölz hinter dem Clubhaus im Auge. Als Lagerhalle konstruiert würde sie auch bei Neugiernasen problemlos durchgehen.

Die Lagerhalle wurde mit 500 Cannabispflanzen bestückt. Für deren Wachsen und Gedeihen benötigte man 200.000 kWh Strom im Jahr. Da man hier wieder einen illegalen Weg wählte und den Strom vor dem Zähler abgriff, spielten diese Kosten keine Rolle. Die trug die Allgemeinheit. Das technische Gerät war allerdings schon teuer genug. Die jährliche Ernte brachte einen Verkaufswert von 250.000 Euro und war damit schnell ein ernst zu nehmendes zweites Standbein.

Die Arbeit ging mittlerweile über seine Kraft. Er beschloss, sich eine loyale Hilfe zu suchen und die mit einer Willkommensprämie in den Club zu locken. Auch das war mittlerweile gang und gäbe.

Erkan Celik sah mit Interesse, dass sich in und um seine alte Wohnung herum einiges änderte. Aber die Erklärungen zum Ausbau der Verwaltungszentrale für die betreuten Wettbüros und Kioske schienen ihm plausibel. Er wollte gar nicht zu viel wissen. Was ich nicht weiß, macht mich nicht heiß, dachte er pragmatisch. Nach einiger Zeit erhielt er von Muhammed sogar einen wattierten DIN-A5-Umschlag zugesteckt, in dem sich ein Bündel 100-Euro-Scheine befand.

»Wenn die Geschäfte weiterhin so gut gehen, können wir es uns erlauben, das Club-leben ein wenig zu sponsern.

Dir fällt sicher etwas Vernünftiges dafür ein«, erklärte Muhammed dem Boss der Angels.

Auch das nahm Erkan gerne hin. Er zog ein Resümee:

Die Schadensbegrenzung war gelungen. Die Polizeigewalt hatte vorerst das Nachsehen. Die Morde wurden nicht aufgeklärt. Als wieder Ruhe einkehrte, ging die Soko bald zur Tagesordnung über.

Auch das Stühlerücken zeigte Anfangserfolge, die sich sehen lassen konnten. Bald überwogen die Optimisten die Bedenkenträger. Immer weiter so waren sie sich sicher. Dass sich der Wind bald drehen könnte, hatten sie nicht im Kalkül.

NEUE GESCHÄFTE SCHÜREN DIE ANGST VOR NEGATIVEN FOLGEN

Im Bereich von Muhammed Akyo sprudelte das Geld unentwegt. Das war auf den ersten Blick schön, doch auf den zweiten warf es Sorgen auf. Bei dem Geld handelte es sich um Schwarzgeld und das musste unerkannt schnell wieder im Kreislauf verschwinden, sonst machte es nur die falschen Leute neugierig. Akyo war deshalb immer hinter passenden Neuanlagen her.

Er ging in seiner Suche auch über die Hamburger Landesgrenze hinaus. In Köln wurde er wiederum fündig, dort griff eine neue Partydroge um sich. Junge Leute liefen auf den Kölner Ringen vermehrt des Nachts mit Gaskartuschen am Gürtel herum. Die wurden mit einem Spezialöffner auf- und wieder zugemacht. Im offenen Zustand konnte man das Gas in Luftballons umfüllen. Aus den prall gefüllten Ballons wurde dann ständig eingeatmet. Die beiden Behältnisse waren mit Lachgas gefüllt, und ihr Inhalt bot einen ordentlichen Kick.

Anscheinend hatte die neue Droge nur Vorteile. Sie war preiswert und machte, so wurde angepriesen, nicht abhängig. Doch bald schon warnten die Krankenkassen vor schwerwiegenden Langzeitfolgen. Psychosen konnten eintreten oder das Nervensystem wurde irreparabel geschädigt. Diese Gefahren lagen so weit in der Zukunft, dass sie von den Süchtigen nur allzu gerne überhört wurden.

»Man chillt mit dem Zeug nicht so schön wie mit Gras, aber es erfüllt seinen Zweck«, meinte eine Konsumentin und strahlte vor Vorfreude.

Es ließ sich mit diesem Rauschmittel schon bald ein größerer Umsatz machen, besonders weil das Verkaufsargument sehr überzeugend war: Der Konsum von Lachgas ist legal!

Es wurde in jeder normalen Spraydose eingesetzt, besonders auch für das Herstellen von Schlagsahne aus der Dose.

Dass bei falschem Gebrauch die Lungen platzen konnten oder man das Bewusstsein verlor, wurde von den Nutzern allzu oft abgetan. So dumm werde ich mich nicht anstellen, waren die überzeugt.

Bald sammelten sich am Straßenrand leere Kartuschen, auf deren Böden auf Englisch stand: »Don't inhale!« Am Boden der Dosen war die Warnung trefflich versteckt!

Muhammed Akyo sah, nachdem er sich kundig gemacht hatte, für sich noch einen besonderen Vorteil. Mit den Besitzern von Kiosken hatte er im Wettgeschäft schon Kontakt. Dort konnte er ohne Weiteres auch die Kartuschen vertreiben. Der Einzelpreis lag um circa 30 Euro und war nicht uninteressant.

Akyo hatte ein funktionierendes Vertriebssystem, das es nur ein zweites Mal anzusprechen galt. Er tüftelte eine perfekte Zulieferung aus und ein attraktives Vergütungssystem für die Kioskbesitzer, was ihm einen ordentlichen Überschuss beließ. Unschöne zukünftige Folgen übersah er fürs Erste.

Mit dem neuen Produkt kam das Drogengeschäft in der Hansestadt wieder stärker in den Fokus und auch den Kioskbesitzern sah man plötzlich auf die Finger. In Akyo wuchs die Angst, er hätte bald in allen Bereichen Brände zu löschen.

BRINGT KALLES EXIL IHM WIRKLICH SICHERHEIT?

Kalle Torf fand es in Kiel zunächst sehr schön und friedlich.

Er genoss die langen Rollstuhlfahrten in der Kieler Förde.

Auf Kosten seiner Krankenkasse hatte er eine gute Pflegerin gefunden, die ihm täglich beim Waschen, Anziehen und Vorbereiten der Mahlzeiten half. Sie schmierte ihm auch Brote und schnitt Gurken- und Tomatenstücke für ihn zurecht, die er in einer Dose mit auf seine Ausflüge nahm.

Er war bemüht, so viel als möglich selbst zu erledigen.

Stolz tätigte er die meisten Einkäufe alleine. Die Verkäufer kannten ihn bald und waren ihm dabei behilflich.

Doch dann bereiteten ihm zwei Ereignisse zunehmend Unbehagen. Zunächst hatte er das Gefühl, er würde verfolgt. Das erste Mal kam dies auf, als er in die Apotheke ging, um sich die verschriebenen großen opiumhaltigen Schmerzpflaster der Marke Biobloom, die auf seinen Rücken kamen, zu kaufen. Schon auf dem Weg dahin meinte er, verfolgt zu werden. Ein Radfahrer, der viel schneller sein konnte als er, trödelte die ganze Zeit hinter ihm her. Kalle Torf hatte an seinem Rollstuhl einen Rückspiegel, in dem er den Mann gut beobachten konnte. Er kam ihm allerdings nicht so nahe, dass er sein Gesicht erkannte.

Schließlich gelang es ihm doch, auf einer Spazierfahrt auf der Förde dessen Gesicht zu erkennen. Er wurde sehr aufgeregt, denn er war sich sicher, diesen Mongols-Rocker aus Hamburg hinter sich zu haben. Ihm fiel sogar sein Name ein: Er hieß Kadir Zara und war ihm während seiner Zeit als Präsident mehrfach unliebsam aufgefallen. Zara war durch und durch ein Krimineller.

Nun überschlugen sich Kalles Gedanken. Was wollte Zara von ihm? War es den Mongols nicht genug, dass er durch sie zum Krüppel geworden war? Einen weiteren Versuch, ihn zu töten, war dieser unzivilisierten Horde gut zuzutrauen. Er wollte darüber zunächst mit Lars Knof sprechen und danach gegebenenfalls die Hilfe seiner Brüder in Hamburg suchen. Aber ein offenes Gespräch mit Lars war zurzeit nicht ganz einfach. Sie hatten sich etwas auseinandergelebt.

Knof war anscheinend von einer Sünde der Vergangenheit eingeholt worden, und die schmeckte Kalle gar nicht, sollte sie wahr sein. Lars Knof hatte ihm verschwiegen, dass seit Langem ein Verfahren gegen ihn lief, mit dem Vorwurf, er habe eine junge Prostituierte auf besonders erniedrigende Art und Weise dreimal vergewaltigt. Der Prozess zog sich schon über Jahre hin. Er war zweimal geplatzt. Der erste Prozess wurde nach einem Befangenheitsantrag gegen einen Schöffen abgesetzt.

Das zweite Mal beendete eine Risikoschwangerschaft einer Zeugin das Verfahren. Nun war es zum dritten Mal eröffnet worden. Die gegen Knof zu verhandelnden Straftaten kamen nur über einen anderen Prozess zutage. Die Hure hatte dieses Mal ihren Zuhälter verklagt: Der hatte sie in die Zwangsprostitution gezwungen. Der Mann gehörte einer Unterstützergruppe der Kieler Hells Angels an. Eigentlich galt unter diesen Zuhältern die Maxime, dass ihren Mädchen Sex mit Rockern untersagt war. Für Knof hatte der Angeklagte angeblich eine Ausnahme gemacht, weil er zu den ganz Großen gehörte, denen man nichts abschlagen konnte.

Knof hatte bis jetzt darauf bestanden, dass er ganz normal eine Nutte aufgesucht habe, die sich ihm professionell hingab. Bedeutsam für den Verlauf des kommenden Verfahrens war, dass der Richter des letzten Prozesses zulasten Knofs als Zeuge aufgetreten war, da ihm die Schilderungen der Prostituierten damals äußerst glaubhaft erschienen.

Die Prostituierte stand mittlerweile unter Zeugenschutz, und ihre Verteidigung hatte den Ausschluss der Öffentlichkeit erreicht und, wegen ihrem instabilen Zustand ein Verhör nur per Videoübertragung. Der Verteidiger begründete dies mit dem schweren seelischen Trauma, welches das Opfer immer noch belaste. Die junge Frau war seit der letzten Vergewaltigung ununterbrochen in psychologischer Behandlung gewesen. Keinesfalls wollte sie ihrem Quäler nochmals direkt gegenüberstehen.

Diese Vorwürfe gegen Knof erfuhr Kalle Torf erst aus der Presse. Sein Freund hatte sie ihm nicht anvertraut und blieb auch auf Kalles Rückfragen in Abwehrhaltung. Die Gegenseite wolle ihn mit Falschaussagen reinreiten, argumentierte er. Er habe sich lediglich wie ein normaler Freier verhalten.

»Wie wir beide gemeinsam früher«, hatte er mit einem Augenzwinkern eingeschoben.

Kalle war in der Bewertung der Angelegenheit sehr unsicher. Zweifel standen nun zwischen ihnen.

Kalle Torf versuchte deshalb, mit seinen Problemen allein fertig zu werden.

EIN MÖRDER GIERT NACH RACHE

Kadir Zara hatte wirklich vor, Kalle Torf endgültig umzubringen. Nur das war für ihn der richtige Racheakt. Seine gründlichen Vorarbeiten dienten dazu, den richtigen Zeitpunkt, den richtigen Ort und die richtige Durchführung zu finden. Er wollte Kalle Torf in seiner Wohnung töten. Er hatte festgestellt, wie arglos der, wenn jemand klingelte, seine Tür öffnete. Das tat er nicht nur bei seiner Hilfe.

Die großen opiumhaltigen Schmerzpflaster, die Kalle nutzte, hatten Zara auf eine ungewöhnliche Tötungsart gebracht, die er erst kürzlich in einem Fernsehkrimi gesehen hatte.

Diese Art wollte er anwenden, nicht zuletzt in der Hoffnung, der Tod des Gelähmten würde damit als einfacher Unfalltod ad acta gelegt. Was er noch dazu benötigte, hatte er bereits gekauft!

Kalle Torf fluchte leise vor sich hin. Er war auf der Förde in einen plötzlichen Regenguss geraten. Er hatte zwar seine Regenabdeckung dabei, aber die dicken Tropfen pladderten, vom Wind getrieben, von vorne auf ihn zu und trafen ihn eiskalt im Gesicht. Er bewegte seinen Rollstuhl so schnell wie er konnte Richtung Heimat.

Kadir Zara fuhr in weitem Abstand hinter ihm her. Er war sich sicher, wo Torfs Fahrt hinging. Der wiederum war durch die Regentropfen fast blind.

Der Mongol hatte einen glücklichen Augenblick erwischt. Bei diesem Sauwetter ging niemand freiwillig auf die Straße.

Es gab keine Zeugen. Torfs Pflegerin würde nach seiner Recherche erst viel später zu dem Gelähmten kommen.

Kadirs Vorhaben würde nicht gestört. Er konnte zu Werk gehen.

Kalle Torf fuhr ahnungslos seinem Tod entgegen. Die Haustüre zu öffnen, war mittlerweile Routine für ihn. Ihn fröstelte, als er in den Hausflur rollte. Jetzt brauchte er unbedingt eine große Tasse heißen Tee mit viel, viel Zucker.

Kadir Zara ließ sein Rad neben einem Telefonhäuschen stehen. Von dort eilte er Richtung Torfs Wohnung. Er war dick eingemummt und nicht zu erkennen, als er den Klingelknopf drückte.

Kalle Torf ließ nur widerwillig den dampfenden Tee auf dem Tisch stehen und rollte zur Tür. Nach der Uhrzeit war es zu früh für seine Hilfe, aber vielleicht hatte sie ja noch etwas anderes vor. Kalle drückte die Eingangstür auf, öffnete seine Wohnungstür und wartete. Es war nicht seine Pflegerin, es war ein Mann, der auf ihn zugestampft kam.

Er erkannte den Besucher erst, als der im Flur stand und seine Kapuze öffnete, die so zugezogen gewesen war, dass sie sein ganzes Gesicht verdeckte. Um den Hals sah er dessen Tattoo in der Form eines Halsbands. Er schrak zusammen, vor ihm stand Kadir Zara. Doch der Mongol wirkte richtiggehend handzahm, als er zu sprechen begann:

»Grüß dich Torf. Wir sollten einmal miteinander reden.

Zwei Hamburger allein in Kiel sollten das tun. Möglicherweise können wir beide sogar damit beginnen, zwischen unseren MCs das Kriegsbeil zu begraben. Ich bin übrigens völlig unbewaffnet. Vielleicht hast du auch in der Zeitung gelesen, dass in Schleswig-Holstein im Landtag gegen alle Rocker ein individuelles Waffenbesitzverbot verhängt werden soll. Das Landeskriminalamt schaut uns bereits gehörig auf die Finger. Schon deshalb richte ich mich jetzt schon nach diesem Verbot.«

Kalle Torf empfand diese Sätze als Entwarnung, aber er blieb zunächst stumm, als er zurück zu seinem dampfenden Becher rollte. Zara sah den und dachte für sich: Was für ein Glück, jetzt brauche ich nicht einmal zu improvisieren.

»Hast du für mich vielleicht auch noch so ein Gebräu über?«, wendete er sich an Torf. Der schwieg weiter, zeigte aber seinen guten Willen und eine gehörige Portion Neugierde dadurch, dass er in die Küche rollte, um einen zweiten Pott Tee zu holen.

Zara nutzte den Augenblick. Aus seiner Jackentasche holte er eine kleine Ampulle hervor. Sie enthielt Benzodiazepin.

Er öffnete sie und schüttete die Flüssigkeit in Torfs Tee.

Mit dem Löffel, der noch in ihm steckte, rührte er um. Ihm blieb noch genügend Zeit, um sich auf der anderen Seite des Tisches hinzusetzen, bevor Torf zurückkam.

Der hatte den Becher in der Hand, rollte auf seinen unerwarteten Besucher zu, setzte ihn vor ihm hin und fragte: »Was willst du nun wirklich?«

»Nichts anderes, als ich dir gesagt habe«, antwortete Zara mit vorgetäuschter Enttäuschung in seiner Stimme. Beide Männer hoben die Becher und tranken. Sie nahmen jeder einen tiefen Zug. Kalle Torf tat das noch mehrmals, denn er wusste nicht, was er sagen sollte. Er trank Schluck für Schluck seinen Becher leer. Zara machte es ihm nach, denn Torfs Verhalten war ganz in seinem Sinne. Möglichst unauffällig beobachtete er dabei sein Gegenüber, und an dem traten alsbald erkennbare Veränderungen ein, die der Beschreibung entsprachen, die für das gemeinsame Nutzen von Benzodiazepinen und Opioiden genannt wurden.

Kalle Torf wurde müde, irgendwelche Reflexe, besonders als Abwehr, entfielen, und letztlich zeigten sich akute Erstickungssymptome bis zur endgültigen Erstickung.

Ganz wie im Lehrbuch dachte Zara ohne jegliches Mitleid. Nach kürzester Zeit sank Torf auf seinem Rollstuhl in sich zusammen und rührte sich nach einigen letzten Zuckungen nicht mehr. Zara wartete einige Minuten, dann legte er zwei seiner Finger prüfend an Torfs Hals. Er kam zu der Überzeugung, dass Torf tot war, und hatte nur noch ein Bestreben: Schnell weg!

Seinen eigenen Becher spülte er noch aus und stellte ihn zu den anderen in den Küchenschrank. Erst auf dem Fahrrad verspürte er, trotz Regen und Kälte, eine große Befriedigung in sich aufsteigen. Er fühlte keinerlei Reue, nicht den leisesten Hauch. Zu Hause gönnte er sich eine heiße Dusche. Er hatte seine sich selbst gesetzte Aufgabe erfüllt.

Torfs Hilfsschwester verschaffte sich durch den Hausmeister, der bei strömendem Regen unwillig aus dem Nebenhaus kam, Zutritt in die Wohnung. Kalle Torf hatte nämlich auf ihr mehrfaches Klingeln nicht geantwortet. Als sie ihn leblos am Tisch sitzen sah, prüfte sie seinen Puls und kam zum Schluss: Exitus! Sie rief sofort den Notarzt an.

Der Notarzt Dr. Erich Friedrichs stellte eine vorläufige Todesbescheinigung für Kalle Torf aus. »Ich sehe nach überschlägiger Überprüfung keine äußerlich verursachten Schäden und tippe auf normalen Herztod. Das endgültige Ergebnis dokumentiere ich, wenn Herr Torf auf meinem Tisch gelegen hat.«

Die Spurensicherung wurde nicht herbeigerufen. Ob dem Mediziner die erste Indikation für diese Entscheidung reichte oder ob er davon ausging, dass die Spurensicherung schon tätig gewesen war, wurde auch später nicht diskutiert.

Kalle Torfs Leiche wurde für die Obduktion in einem Transportsarg ins Klinikum gebracht.

Seine Hilfsschwester, die nun keine Pflichten mehr hatte, glaubte, wenigstens für etwas Ordnung in der verwaisten Wohnung sorgen zu müssen. Sie spülte den Teebecher aus, räumte ihn weg und wischte das Plastiktischtuch ab. Dann reinigte sie den Rollstuhl von Sand- und Matschspuren. Fatalerweise gingen bei den Säuberungen mögliche Spuren des Tathergangs verloren. Insbesondere war an nichts die gleichzeitige Anwendung von Opioiden und Benzodiazepinen zu erkennen.

Die Untersuchung der Leiche im Klinikum brachte neue Erkenntnisse. Leichte Blutergüsse im Gesicht und am Hals ließen Dr. Friedrichs die Möglichkeit eines Erstickungstods vermuten. Keine Anzeichen fanden sich in der Luftröhre und in den Bronchien. Schleim und Erbrochenes waren nicht feststellbar. Die Untersuchung des Bluts festigte hingegen die Vermutung einer Erstickung. Opioide und Benzodiazepine in signifikanten Mengen wurden festgestellt. Das große Schmerzpflaster auf der Rückenpartie hatte der Arzt zunächst nur als Hilfe gegen den Dauersitzschmerz durch die Lähmung diagnostiziert. Es bekam nunmehr eine zusätzliche Bedeutung, denn es enthielt Opioide. Dieser Stoff, gemeinsam eingenommen mit Benzodiazepinen, führte leicht zu gesundheitlichen Konflikten. Eine Atemdepression war eine besonders gefährliche davon. Verlangsamte Atmung, Kurzatmigkeit und Atemnot wurden zu Vorboten einer Erstickung. Diese letzte Phase bis zum Tod dauerte dann zwischen drei und fünf Minuten.

Die Arzneimittelkommission der Deutschen Apotheker war aufgerufen, vor einer gemeinsamen Therapie mit beiden Mitteln nicht nur zu warnen, sondern sie, womöglich, zu vermeiden. Herr Torf hatte eindeutig beide Arzneien gleichzeitig zu sich genommen.

Der Mediziner sah seine nächste Aufgabe darin, zu klären, warum es zu einer solchen Therapie überhaupt gekommen war. Der vorläufige Totenschein musste zudem umgeschrieben werden. Da er nun ein großes Fragezeichen enthielt, ging er sofort per Bote an die Kriminalpolizei. Dr. Friedrichs bot in einem Begleitschreiben für den späten Nachmittag ein Telefongespräch an.

Kriminalkommissar Helge Siebers kannte Dr. Friedrichs von anderen Problemfällen. Er schätzte ihn und nahm das Angebot, mit ihm zu telefonieren, gerne an. Am späten Nachmittag hatte er den Arzt an der Strippe. Sie kamen ohne große Umschweife auf die offenen Fragen. Dr. Friedrichs erklärte dem Kriminalkommissar, dass das Schmerzpflaster ursächlich für die Opioide im Blut war, dass er aber keine Erklärung für die Benzodiazepine habe. Er schlug seinem Gesprächspartner vor, Auskunft darüber bei der Hilfsschwester von Kalle Torf zu suchen. Sie war bestimmt in die Ausgabe der Medikamente eingeschaltet, kannte die zugrunde liegenden Rezepte und auch die eingebundene Apotheke. Helge Siebers war sehr froh über diese Tipps und bedankte sich. Nun musste er nicht lange im Dunklen herumstochern, er suchte bei Licht! Es ging nun um mehr als um: Gott schenkt und nimmt Leben. Es ging um Mord.

Der Kriminalkommissar hatte schon am nächsten Vormittag Telefonkontakt zu der Hilfsschwester. Sie bestätigte ihm die Verschreibung der Schmerzpflaster. »Das Rezept liegt in der Schublade des Nachtschränkchens von Herrn Torf«, wusste sie. So fand er Torfs behandelnden Arzt und über dem Stempel der Apotheke deren Anschrift.

Bei beiden wurde Helge Sievers selbst vorstellig und erfuhr, dass es weder eine gleichzeitige Verschreibung noch eine Medikamentenausgabe von Medikamenten mit Opioiden und Benzodiazepinen gegeben hatte. Nur die Schmerzpflaster mit Opioiden waren verschrieben und verkauft worden. Die Überschneidung war offensichtlich von dritter Seite bewusst herbeigeführt worden, um den Erstickungstod zu erreichen. Auf einmal suchte man nach einem Mörder.

DIE SUCHE NACH KALLES MÖRDER NIMMT FAHRT AUF

Die Botschaft von Kalle Torfs plötzlichem Tod und den Unklarheiten über dessen Grund kamen schnell auch bis Hamburg. Erkan Celik trafen sie wie ein Blitzschlag. Er legte die Hand auf die Augen und versuchte die Welt auszublenden. Doch das gelang ihm nicht. In ihm tobte etwas, und er war Knall auf Fall auf hundertachtzig. Erkan nahm eine Packung Kaugummis aus der Hosentasche. Sie hatten inzwischen bei ihm die Zigaretten ersetzt. Er steckte sich einen Streifen in den Mund. Pfefferminz explodierte und traf seine Geschmacksnerven. Sein Denkapparat wurde hellwach.

Er vermutete sofort eine Fortsetzung der Racheaktion der Mongols. Er musste schnellstens nach Kiel und sich kundig machen. Er beschloss, Jörn Möller mitzunehmen. Jörn hatte eine ähnlich starke Bindung wie er zu Kalle Torf gehabt. Gemeinsam waren sie stärker. Ihre Abfahrt wurde auf den nächsten Morgen terminiert.

Sie hatten Glück. Das Wetter hatte gedreht. Ihre Fahrt fiel in den Beginn einer kurzen Warmwetterphase. Der Klimawandel war inzwischen unübersehbar. Erkan hatte versucht, Lars Knof telefonisch zu erreichen. Er wollte mit ihm alles über das Ableben von Kalle besprechen. Schließlich war er dessen Freund. Was er dann von einem anderen Angel zu hören bekam, hatte ihn mehr als überrascht: Der Vize der Hells Angels Kiel saß in Untersuchungshaft!

Gegen ihn lief ein Verfahren wegen mehrfacher Vergewaltigung. Nach der Sachlage wurde mit einem Schuldspruch gerechnet. Das Strafmaß konnte um die sechs Jahre betragen, deshalb sah die Justiz Fluchtgefahr. Sie gab sich nicht einmal mit einer Kautionszahlung und Abgabe des Personalausweises zufrieden, sondern ordnete Untersuchungshaft an. Knof bestritt nach wie vor vehement seine Schuld.

In Ermangelung von Knof als Ansprechpartner fuhren die beiden Hamburger ein Lokal an, das Treffpunkt der Kieler Angels war. Das hatte man Erkan am Telefon empfohlen. Nun hofften sie, dort sowohl über den Tod von Kalle als auch über das Verfahren gegen Knof mehr zu hören.

Jörn und Erkan waren sehr nervös, als sie dort eintrafen.

Ihre Spannung ließ nach, denn einige Angels saßen im hinteren Teil des Schankraums um einen langen Tisch.

Erkan wurde von David Losen, dem Kieler Sergeant-at-Arms, sofort erkannt. Sie kannten sich von Treffen in der Zeit, als Erkan noch das gleiche Amt innehatte. Losen nahm sie mit großem Trara in die Runde auf.

Die beiden Hamburger fragten zunächst höflich nach Lars Knof. Die Erklärungen von Losen fielen knapp und präzise aus: »Eigentlich steht Aussage gegen Aussage. Aber zwei Dinge sind unschön: Die Anklage wartet mit einer Zeugin auf, die bei einer der behaupteten Vergewaltigungen dabei gewesen sein will. Besonders unschön ist außerdem, dass der Richter des zweiten Prozesses, der geplatzt ist, nun als Zeuge auftritt und die Aussagen der Frauen als äußerst glaubhaft beschreiben will. Es sieht also nicht gut für Lars aus. Ein Richter hört eher auf die Meinung eines Richters als auf die eines Rockers.

Da verliert der Satz ›Im Zweifel für den Angeklagten‹ schnell sein Gewicht. Unser Präsident war vor der Untersuchungshaft auf Mallorca, um dort Kontakte zu pflegen. Wäre er doch dort geblieben. Nun müsst ihr wohl oder übel mit mir als Auskunftsperson vorliebnehmen.«

Erkan konnte nicht an sich halten und platzte heraus:
»Rede doch kein dummes Zeug. Du bist mir mindestens genauso lieb. Auf jeden Fall kenne ich dich besser als deinen Präsidenten. Ehrlich gesagt sind wir wegen des Todes von Kalle Torf hier. Was kannst du uns dazu sagen?«

Ein verschmitztes Lächeln fuhr über Davids Gesicht.
»Damit habe ich gerechnet. Da kann ich euch leider nichts Erfreuliches berichten. Die Ermittlungen laufen noch, es ist alles noch ganz frisch, aber es sieht ganz nach einem Mord aus. Mit großer Wahrscheinlichkeit wurde bei Kalle ein medizinischer Konflikt zweier Medikamente bewusst herbeigeführt. Das hat bei eurem ehemaligen Präsidenten den Erstickungstod verursacht.«

Erkan nickte. »Dazu habe ich eine passende Theorie:
Die Mongols haben versucht, Kalle umzulegen.

Er hat dies, wie ihr wisst, als Krüppel überlebt. Dann wurde von uns der Mongol umgelegt, der Kalle das angetan hatte. Rache folgte auf Rache. So erwischte es Kalle Torf nun als Nächsten in der Reihe zum zweiten Mal. Ich gehe fest davon aus, dass wir als Mörder einen Mongol suchen müssen. Eigentlich müsste er dazu aus Hamburg angereist sein. Ist euch in der letzten Zeit jemand aufgefallen, der zu meinen Mutmaßungen passt?«

Für einen Moment trat eine bedrückende Ruhe ein. Die Kieler dachten über Erkans Worte nach. Und wieder war es der Sergeant-at-Arms, der das Wort nahm: »Die Mongols sind hier in Kiel fast ausgestorben. Ihr Chapter wurde verboten. Deshalb fallen natürlich die wenigen auf, die sich hier noch rumdrücken. Sie dürfen offiziell keine Kutten und Abzeichen tragen, aber meistens haben sie ein kleines Kennzeichen an ihren Maschinen. Fremden Mongols passiert auch mal, dass sie unsere Treffpunkte anlaufen. Ja, einer ist mir in der letzten Woche dabei aufgefallen. Er hatte ein Tattoo um seinen Hals, das aussah wie ein Halsband. Er schien mir auf jeden Fall nur auf der Durchreise zu sein.«

Erkan wurde ganz aufgeregt. »Kannst du mir dieses Tattoo näher beschreiben?«
»Warum nicht. Ich bin ein guter Beobachter.«
Als David seine Beschreibung abgeschlossen hatte, war Erkan sich sicher, dass er diesen Rocker kannte. Er war ein Mongol aus Hamburg und hieß Kadir Zara. Diese Erkenntnis platzte aus ihm heraus und fand eine wichtige Bestätigung:

»Wie gesagt, ich bin ein guter Beobachter. Ich kann dir verbindlich sagen, dass auf der Maschine in Weiß die Initialen KZ angebracht waren. Mir scheint also, du liegst mit deinen Annahmen richtig. Ansonsten habe ich ihn die letzten Tage nicht mehr gesehen. Ich schätze, er hat nach seiner Tat unsere Stadt sofort wieder verlassen.«

»So leid es mir tut«, erwiderte Erkan. »Aber dann hält uns beide hier auch nichts mehr. Was wir tun müssen, können wir nur in Hamburg erledigen. Ich danke dir sehr für deine Hilfe. Bitte haltet uns über die weiteren Untersuchungsergebnisse auf dem Laufenden.«

Erkan und Jörn verschwendeten nicht allzu viel Zeit auf ein weiteres Beisammensein und waren am frühen Abend schon wieder zurück in der Hansestadt. Dort beschlossen sie, auf dem Clubhaus ein Fazit ihres Besuchs in Kiel zu ziehen. Bei einem alkoholfreien Weißbier reklamierte besonders Jörn Möller Redebedarf. Die Äußerung seines Präsidenten am Stammtisch in Kiel hatte für ihn Fragen aufgeworfen. Was sollte der Satz: »Was wir tun müssen, können wir nur in Hamburg erledigen«? Er wollte wissen, was aus Erkans Sicht getan werden musste. Er tat sich schwer mit der Frage, denn er fürchtete eine unschöne Antwort.

Erkan fackelte meist nicht lange. Seine Meinung basierte auf alter Rockertradition. »Jemand, der einen Bruder verriet oder gar tötete, war vogelfrei und gehörte bestraft«, stieß er dann auch hervor.

»Du weißt, dass du bei so einem Verhalten nach dem Gesetz gejagt und bestraft werden wirst. Außerdem wirst du zum Verursacher des nächsten Racheakts. Rache ist neues Unrecht. Du solltest dir deine Meinung nochmals gut überlegen«, erwiderte Jörn ohne Zögern.

Der Disput ging in Schweigen unter. Die beiden Männer verabschiedeten sich uneins mit knappem Gruß.

Jörn Möller war aufgewühlt. Er wollte das Problem mit Helmut Stange besprechen. Der war bei der Inthronisierung von Erkan maßgeblich dabei gewesen. Außerdem war er ihm ein wichtiger Freund geworden. Er brauchte einen Rat für sein Problem.

Als Jörn zu Hause ankam, klingelte er zunächst bei Helmut. Der reagierte nicht, er war anscheinend nicht zu Hause.

Er schob Helmut einen Zettel unter der Tür durch, auf den er geschrieben hatte: »Wenn du Zeit hast heute Abend, dann schau doch mal vorbei. Ich möchte gerne etwas mit dir besprechen.«

In seiner Wohnung machte er es sich erst einmal bequem.

Er zog die schweren Motorradklamotten aus, schlüpfte in eine Jogginghose und ein Sweatshirt. Mit dicken Wollstrümpfen an den Füßen machte er es sich auf dem Sofa mit einem Buch bequem. Er las im Moment von Gilly Macmillan den Krimi »Die Vertraute«.

Es ging um einen kleinen Jungen, der tief im Wald verschwunden war. Das ließ in der Bestsellerautorin Lucy Harper ein tiefes Trauma erwachen. Sie hatte vor Jahren ihren vierjährigen Bruder Teddy an Mitsommer in einem Bunker im Wald zurückgelassen. Sie quälte sich damit, wie groß der Anteil ihrer Schuld an seinem Verschwinden war, und sie dachte sich alle möglichen Gründe dafür aus.

Wurde er entführt? War er verunglückt? Hatte man ihn getötet? Nach 30 Jahren bekamen ihre Albträume neue Nahrung. Ihr Mann Dan hatte am Rand des Waldes, in dem Teddy verschwand, für sie gemeinsam ein Haus gekauft. Mit den neuen Nachbarn wurde Lucy nicht warm. Man sagte ihrem Mann nach, er betrüge sie mit einer anderen. Ganz schlimm wühlte es in ihr, als sie eines Nachts auf der Treppe frische Blutspuren fand. Als Dan tot aufgefunden wurde, kam Lucy sogar in Verdacht.

Jörn verließ bald jede Idee, wem er in diesem Roman trauen sollte. Vieles in der Erzählung mutete als Hirngespinst an. Er las unentwegt weiter in der Hoffnung, dass die Autorin schlussendlich die Enden aller Puzzleteilchen richtig zusammenfügen würde. Er genoss über eine Stunde die mit Spannung gefüllte Einsamkeit, dann klingelte es an seiner Wohnungstür, vor der Helmut neugierig wartete.

Nach einem kurzen Gruß sagte er: »Hast du einen privaten Redebedarf, oder geht es um das, was ich denke?«

Jörn Möller grinste leicht und antwortete: »Ich glaube, du liegst richtig, es geht um den Tod von Kalle Torf. Aber setz dich erst mal hin, ich habe einen samtweichen Rioja schon ordentlich Luft nehmen lassen.«

Sie probierten einen ersten Schluck und befanden den Roten für gut. Helmut gab neugierig den Anstoß für das Gespräch: »Ich höre.«

Jörn hatte, was er berichten wollte, schon mehrfach für sich strukturiert und folgte seinem eigenen Regieplan: »Wie du weißt, war ich mit Erkan Celik in Kiel, um der Todesursache von Kalle nachzugehen. Als wir dort ankamen, waren die polizeilichen Untersuchungen schon weiter fortgeschritten. Man geht von einer Medikamentengabe zweier Medikamente aus, die unkontrolliert zusammen genutzt den Erstickungstod hervorrufen können. Erkan und ich waren direkt überzeugt, dass die konfliktbeladene Verabreichung der Medikamente eine Fortsetzung des Racheakts der Mongols sein musste.« »Habt ihr dafür Belege gefunden?« »Das haben wir. Dabei waren uns Kieler Angels sehr hilfreich. Erkan und ich gingen davon aus, dass der Täter ein Mongol aus Hamburg gewesen war. Hierfür lieferte uns David Losen, der Kieler Sergeant-at-Arms, wichtige Beweise.«

»Lass hören.« »Er konnte bestätigen, dass sich in der relevanten Zeitspanne wirklich ein fremder Mongol in der Stadt rumgetrieben hatte. Seine Beobachtungsgabe war frappierend. Er wies darauf hin, dass der Mann ein besonderes Tattoo gehabt habe, und zwar in Form eines Halsbands um den Hals. Einen solchen Rocker kannten Erkan und ich von hier. Ich spreche von Kadir Zara. Bei dessen Identifikation konnte Losen uns wiederum helfen. Mongols dürfen in Kiel zwar keine Kutte und Insignien tragen, doch der Fremde hatte an seinem Motorrad ein ganz dezentes Mongols-Zeichen und außerdem die schlimmen Initialen KZ angebracht. Alles passte also zusammen.«

»Und was habt ihr nun vor?«

»Genau das ist mein Problem.« Erkan beabsichtigt die harte Tour. Für ihn ist jemand, der einen Bruder tötet, vogelfrei.

»Ich befürchte, dass der Tod von Kadir Zara die Kette der gegenseitigen Rache-akte fortsetzen wird.«

Helmut wurde für einen Moment sehr nachdenklich, dann hatte er sein Statement geordnet:
»Mich triggert auch gewaltig, wenn Kalles Mörder ohne Strafe davonkommen würde. Aber ich folge deiner Einschätzung, dass dies, falsch durchgeführt, in einer Eskalation gegenseitiger Gewalttaten münden wird. Es muss einen anderen Weg geben als einen weiteren Mord. Wir hatten uns schon einmal, wenn auch mit Bauch-grimm, auf eine Zusammenarbeit mit der Polizei verständigt. Die sollte man jetzt wieder in Erwägung ziehen, meine ich.«

Jörn Möller sah ihn misstrauisch an. Helmut argumentierte ihm ein wenig zu oft in diese Richtung. Doch dann siegte seine Vernunft und er antwortete:
»Ich glaube kaum, dass denen die Beweise reichen, um Zara ein Leben lang hin-ter Gitter zu bringen. Das wäre aber meiner Meinung nach die einzige akzeptable Strafe.«

»Diese Meinung teile ich, aber ich glaube, wir können die Polizei durchaus über-zeugen und auf die richtige Spur bringen. Zunächst müssen wir unsere Erkenntnisse lückenlos weitergeben. Daneben sehe ich aber auch die Möglichkeit für zielführende Tipps. Zum Beispiel kann man für ein Mobiltelefon mit der Software Cellebrite, die von der Polizei verwendet wird, Einloggzeiten an verschiedensten Stellen fest-machen. Es dürfte außer Zweifel sein, dass Zara besonders außerhalb Hamburgs sein Handy dabeihatte. Man kann feststellen, dass er überhaupt in Kiel war und auch ob er in der Nähe der Wohnung von Kalle war.«

Jörn quittierte die Antwort mit einem Stirnrunzeln.
»Wieso kennst du dich mit der Software der Polizei so gut aus?«

Helmut Stange regte die misstrauische Frage gar nicht auf.
Er antwortete ruhig und plausibel: »Ich interessiere mich immer schon für digitale Dinge. Gerade lese ich viel über KI. Die wird für uns immer mehr an Bedeutung gewinnen.
Aber daneben kommt mir noch eine andere Idee, gegen Zara Beweise zustande zu

bringen. Das Medikament, welches er gebraucht hat, gibt es nicht von der Stange. Menschen wie er googlen in solchen Fällen nach Beschaffungsmöglichkeiten. Auch solche älteren Suchvorgänge kann man aus einem Mobiltelefon auslesen. Das wäre also ein weiterer Tipp.«

Jörn nickte und meinte: »Das stimmt, darüber habe ich auch schon was gelesen. Aber wer soll diese Dinge an den Mann, sprich an die Bullen bringen?«

»Ich würde das machen, Jörn. Ich fühle mich genau wie du Kalle sehr verbunden. Ich bin so mutig, zu behaupten, dass dieser Weg auch ganz in seinem Sinne wäre. Ich müsste es dann wohl auf meine Kappe nehmen, denn einen Konsens mit Erkan würden wir kaum erreichen.«

Mit dem benutzten Wort *wir* beabsichtigte er Jörn indirekt einzubinden. Der merkte das zwar, war aber nicht gänzlich in Oppositionsstellung. Er suchte vielmehr für den heutigen Abend ein friedliches Ende: »Wir müssen ja nichts übers Knie brechen. Wir sollten die Sache gründlich überschlafen. Aber vom Grunde her fühle ich, wir sind mit unseren Vorstellungen nicht weit auseinander.« So schlossen sie den Abend mit einem Hauch von Harmonie.

Kalle Torf wurde noch in derselben Woche in die Hansestadt überführt. Er sollte »zu Hause« unter die Erde kommen. Auf dem altehrwürdigen Ohlsdorfer Friedhof fanden sich wiederum viele Trauernde ein. Sie nahmen in würdiger Form Abschied vom Präsidenten. Aber immer wieder hörte man drängende Rufe nach Rache an seinem Mörder. Erkan Celik, der direkt vor der Grube stand, fühlte sich in seinem Vorhaben ermutigt. Irritiert stellte er fest, dass seine Augen feucht waren, und er dachte, so hat mich nicht mal der Tod meiner Mutter mitgenommen.

Sogar die Presse bemühte sich in ihren Artikeln um leise Töne.

DER ANFANG VOM ENDE DER HAMBURGER ANGELS UND MONGOLS

Es trifft zunächst Muhammed Akyo: Unheil zog Unheil magisch an und so folgte eins auf das andere. Und wieder kam es aus Köln: Schon vor über drei Jahren hatte ein Whistleblower das Portal der Bundesanstalt für Finanzdienstleistungsaufsicht (BaFin) benutzt, um auf Steuerbetrug in der Sportwetten-Branche hinzuweisen.

Die Behörde war also längst schon gewarnt, als Muhammed Akyo in Hamburg von Köln aus die Geschäftsidee als sicher verkauft worden war. Man hatte wohl zunächst nicht reagiert, weil der Whistleblower in totaler Anonymität blieb. Es dauerte eine gehörige Zeit, bis er bereit war, sich zu erkennen zu geben und die ihm vorliegenden Unterlagen auszuhändigen. Nun schaltete sich die Schwerpunktstaatsanwaltschaft für organisierte Kriminalität in Düsseldorf endlich ein, und ihre Untersuchung nahm Fahrt auf.

Die Behörde brauchte trotzdem fast drei Jahre, um das riesige Datenkonvolut so zu durchforsten, dass sie eingreifen konnte. Der Hauptsitz des Sportwetten-Unternehmens lag im Steuerparadies Malta. Dort hatte man die Voraussetzungen geschaffen, eine Glücksspiellizenz zu erlangen.

Für Deutschland wurden in einer GmbH in Köln-Braunsfeld die Fäden gezogen. Die gingen über ein Franchise-System durch die ganze Republik. Das Anzapfen des Telefons eines Kölner Managers machte die Beweiskette endlich belastbar.

Nun wusste man, dass man einen millionenschweren Fisch an der Angel hatte. Eine groß angelegte Razzia begann.

Hunderte Beamte schwärmten aus. Wieder geschah es im Verbund. Kriminalpolizei, Steuerfahndung und Zoll arbeiteten Hand in Hand. In der Zentrale in Köln wurden sämtliche Akten und Datenträger beschlagnahmt.

Schnell entschloss man sich, die Fahndung bundesweit auszudehnen, um auch die Franchise-Unternehmen zu erfassen. Über 1000 Beamte kamen zum Einsatz.

Muhammed Akyo wurde zum Glück früh genug vorgewarnt. Er machte Tabula rasa. Alle relevanten Unterlagen wurden gelöscht oder kamen in den Shredder. Das

Geld wurde bis zum letzten Cent abgehoben, und dann setzte er sich mit gefälschten Papieren nach Mallorca ab.

Es gab keinen Abschied von seinen Brüdern, und seine Räumlichkeiten blieben verwaist zurück. Schon auf dem Flug träumte er von einem luxuriösen, sorglosen Leben auf der Insel.

Seine Flucht, von der sie nichts wussten, hinderte die Beamten nicht, auch in all seinen Räumlichkeiten vorstellig zu werden. Das Büro in Hamburg-Pöseldorf fanden sie fast besenrein vor. Aber Sie gaben nicht auf und entdeckten durch einen Glücksfall die Datenverbindung nach Hamburg-Billstedt. Dort staunten sie nicht schlecht. Sie brauchten etwas länger, um in der Wohnung die verborgenen Server für die Datenerfassung zu finden. Zunächst stürmten sie die angebaute Lagerhalle. Dort fanden sie die gut 500 Marihuana-Pflanzen, die kurz vor der Erntereife standen. Sie konfiszierten in der Indoorplantage Cannabis von rund 50 Kilogramm. Zusammen mit den wertvollen technischen Einrichtungen, die man beschlagnahmen konnte, kam ein Wert von etwa einer dreiviertel Million Euro zusammen. Sah man von dem gesundheitlichen Schaden ab, der mit der Plantage angerichtet worden war, so konnten wenigstens die Kosten des abgezapften Stroms sowie die der Razzia kompensiert werden.

Auch die Logistik für das Lachgasgeschäft brach zusammen, weil auch die Kioske betroffen waren. Doch Lachgas war legal, günstig und leicht zu bekommen. In Deutschland fiel Lachgas nicht unter das Betäubungsmittelgesetz, galt also nicht als Droge.

Die Junkies inhalierten Gas aus gefüllten Ballons, Sahnespendern oder auch direkt aus den Kartuschen. Es gab für den Kauf nicht mal eine Altersbegrenzung. Es heiterte schnell die Stimmung auf und wurde, gerade bei Jugendlichen, zur beliebten Partydroge. Die Wirkung wurde als wohlige Wärme oder sogar Glücksgefühl beschrieben.

Neue Vertriebswege ließen nicht lange auf sich warten.

Die verheerenden gesundheitlichen Folgen für die Konsumenten konnten nicht gestoppt werden, wenngleich inzwischen ein Konvolut an warnenden Hinweisen erschienen war. Es trat zwar keine körperliche Abhängigkeit ein, aber verstärkt eine psychische. Das Gas wurde über die Lunge aufgenommen und kam, im Blut aufgelöst, ins Gehirn.

Schon in der Lunge konnte das Gas den aufgenommenen Sauerstoff so sehr verdünnen, dass es im Gehirn zu einer Unterversorgung mit Sauerstoff kam. Da die

Wirkung des Gases höchstens fünf Minuten anhielt, griffen die Süchtigen immer wieder zu ihren Vorräten. Der Kick durfte nicht abbrechen. Der Konsum zog sich bald fast täglich über mehrere Stunden hin.

Die fatalen Nebenwirkungen wuchsen in gleicher Geschwindigkeit: Schwindelanfälle, Lähmungserscheinungen, Übelkeit, die in Kombination mit Alkohol noch potenziert wurden, Depression und Angstzustände und, nicht sofort erkennbar, Unfruchtbarkeit gehörten dazu. Nach einer längeren Zeitspanne wurden innere Organe und das zentrale Nervensystem in Mitleidenschaft gezogen. Das Knochenmark konnte zerstört und die Myelinscheide der Nerven geschädigt werden. Wurde das Gas direkt aus der Kartusche zu sich genommen, bestand zudem die Gefahr, dass Erfrierungen an den Lippen, im Mund und im Rachen auftraten.

Auch der Versuch, auf die Umweltschäden durch Lachgas hinzuweisen, führte zu keiner Minderung des Konsums. Dabei hatte Lachgas nach Kohlendioxid und Methan den dritten Platz als klimaschädliches Gas inne.

Über die Wohnung und die Lagerhalle wurde ein Bewohnungsverbot verhängt. Der Betrieb des Clubs wurde zum Leidwesen der Polizei nicht untersagt. Er blieb, was er war, ein Treffpunkt für die Biker der Angels.

AKYO GIBT NICHT KAMPFLOS AUF. DAS WAR EINE FRAGE DER EHRE!

Muhammed Akyo hatte schon länger seine Flucht geplant, sollten seine kriminellen Aktivitäten einmal auffliegen. Er hatte in Hannover unter falschem Namen ein Konto eröffnet und dort einen Großteil des Schwarzgelds eingezahlt.

Es wurde als Tagesgeld geführt und konnte jeden Tag abgeräumt werden. Vom Konto hatte er auch eine Kreditkarte, mit der Zahlungen auf Mallorca möglich waren.

Da er auf jeden Fall diese Insel als Fluchtort im Auge hatte, wurde von ihm unter falschem Namen in Madrid bei Santander ein weiteres Konto eröffnet. Das wies nur einen kleineren Saldo aus, wurde von ihm aber für Kosten von Ferienreisen angesprochen, sodass auch dort immer ein wenig Bewegung war, dies allerdings nur mit kleineren Zu- und Abgängen. Daneben hatte er dort ein Schließfach beantragt, in dem war als eiserne Reserve ein großer Eurobetrag deponiert. Wichtig war hier, dass nichts aus dem Hamburger Firmenkreis zu diesen Konten hinführte.

Er hatte einmal in Lloret de Vistalegre auf Mallorca Urlaub gemacht. Da hatte es ihm sehr gut gefallen, und dort wollte er nun hin ins Exil.

Der 1250-Seelen-Ort befand sich in der Region von Plà de Mallorca. Direkt in der Mitte der Insel zwischen Sineu und Algaida. Auf gut ausgebauten Straßen gelangte man bei Bedarf schnell zum Flughafen. Als besonders schön hatte er empfunden, dass das Meer in allen Himmelsrichtungen vor einem lag. Der Ort selbst befand sich mitten in einer grandiosen Gebirgslandschaft in einer kleinen Tiefebene. wobei der alte Ortskern auf einem mächtigen Hügel lag.

Das Örtchen atmete Geschichte. Dafür standen die vielen alten Windmühlen, die historischen Steinhäuser und Mandelfelder mit knorrigen, uralten Bäumen. In Lloret gab es alles, was man notwendig brauchte: ein Kreditinstitut, eine Poststelle, eine Apotheke, mehrere Supermärkte.

Auf dem Plaça fand ein Wochenmarkt statt, auf dem man neben frischem Obst und Gemüse, Fisch und Fleisch auch Schuhe und Kleidung kaufen konnte.

Der Wald Sa Comuna de Lloret war eine der Hauptattraktionen des Ortes. Mit großem Stolz wurde hier das mit einem Monolithen markierte geografische Zentrum der Insel gezeigt. Dicht dabei lag die Höhle Cova d'en Dainat.

Muhammed hatte im Hotel Son Baulo gewohnt. Das war ihm noch in bester Erinnerung. Dort wollte er versuchen, fürs Erste einen günstigen Langzeittarif für sich auszuhandeln. Das Hotel war nicht zu groß, hatte einen lauschigen kleinen Park, einen gepflegten Swimmingpool und herrliche Räumlichkeiten mit alten Möbeln. Selbst die Küche im Restaurant war etwas Besonderes gewesen. Er freute sich auf ein Wiedersehen.

Neben allem, was ihm schon so fest vor Augen stand, hatte er eine To-do-Liste, die noch abgearbeitet werden musste.

Er brauchte für die eigene Mobilität ein Motorrad.

Er musste sich für die Insel neu einkleiden, denn was er an geeigneten Kleidungsstücken für das Inselleben mitgebracht hatte, war spärlich.

Seiner Erinnerung nach gab es ein eigenes Charter der Angels auf der Insel. Damals gab es besondere Treffpunkte auf der Playa de Palma und auf dem Ballermann. Bierhallen, Cafés, Bars, Restaurants, besonders Pizzerien gehörten dazu.

Hier wollte er sich kundig machen, ob es die noch gab. Es war sicher gut, den ein oder anderen Rat von einem Bruder zu erfahren, wenn er sich hier nun endgültig sesshaft machte. Die professionelle Vorsorge des Türken hatte das Unheil, das ihn traf, vorerst noch ziemlich erträglich gemacht.

RACHE IN MEMORIAM KALLE TORF

Inzwischen begann ein Wettlauf um die Bestrafung von Kadir Zara. Helmut Stange suchte sofort nach der Aussprache mit Jörn Möller ein Gespräch mit Kriminalhauptkommissar Markus Bömmel und seiner Soko »Rocker«. Er ging dabei lange nicht so dezent vor, wie er Jörn Möller erklärt hatte.

Er machte für einen schnellen Termin richtig Druck.

Sie trafen sich schon zwei Tage später im Polizeipräsidium am Bruno-Georges-Platz 1. Das war höchst ungewöhnlich, denn ein verdeckter Ermittler sollte nach eherner Polizeiregel niemals mit Kollegen an einer Polizeistation zusammentreffen. Wurde er dort gesehen, war er schnell in Verdacht, ein Spitzel zu sein. Man machte eine Ausnahme, weil sonst der Termin nicht zustande gekommen wäre. Ein Teil der Soko war äußerst beschäftigt und konnte nicht noch Zeit auf eine Fahrt »Irgendwo« verschwenden.

Helmut Stange war sehr früh dran, die Kommissionsmitglieder waren noch nicht vollständig da. Stange ärgerte sich, denn er hatte, um pünktlich zu sein, nur ein spartanisches Frühstück zu sich genommen. Doch er beruhigte sich schnell wieder. Vielleicht war es ja gut, dass er noch einige Minuten allein hatte, um seine Strategie zu überdenken. So war er ganz locker, als ihn Kriminalhauptkommissar Bömmel aufforderte, zu berichten.

Stange verwandt längere Zeit darauf, zu verstehen, warum Bömmel erst jetzt mit der Angelegenheit Kadir Zara herausrückte. Er wurde sich bewusst, dass wohl der Vorwurf verspäteter Information unausgesprochen im Raum stand.

»Zunächst waren es nur zwei Angels, die sich nach Kiel auf den Weg machten, um den Mörder von Kalle Torf zu finden.

Die Kieler Angels waren ihnen dabei eine große Hilfe.

Kadir Zara war in der Zeit des Mordes nachweislich in Kiel gewesen. Er war sogar in einem Kieler Angel-Treff und hatte sich nach Kalle Torf erkundigt. Die Kieler konnten ihn so beschreiben, dass die beiden keinen Zweifel hatten, um wen es sich handelte. Er hatte nämlich ein einzigartiges Tattoo, gestochen wie ein Halsband, um seinen Hals. Die beiden Angels wussten sofort, das gehörte zu Kadir Zara.

Zara ist ein Tattoo-Fetischist. Er hat selbst auf den Fingerknöcheln welche. Das Halsband aber ist sein Markenzeichen. Zudem war seine Harley mit den Initialen KZ verziert. Auch das konnten die Kieler bestätigen.«

Der Kriminalhauptkommissar fiel Stange in die Parade: »Dann müssen wir uns aber sputen, wenn die Angels schon so aktiv zugange sind, werden sie bald einen Racheakt ausführen. Es ist für mich ein Muss, dass wir ihnen zuvorkommen.«

Helmut Stange schüttelte vehement seinen Kopf.
»Bei dieser Faktenlage sehe ich keinen Ermittlungsrichter, der ein Verfahren einleitet. Den Rockern genügen die von mir beschriebenen Fakten, aber wir brauchen handfeste Beweise, dass Zara der Täter ist. Um dorthin zu kommen, haben wir noch einiges zu tun.«
Es herrschte mehrere Atemzüge lang Schweigen.
»Was schlägst du vor?«, fragte Bömmel sodann verdrießlich.

Helmut Stange kämpfte um die richtigen Worte:
»Wenn ich richtig informiert bin, trat der Tod von Kalle Torf durch die Einnahme zweier Medikamente ein, die gegeneinander wirkten und letztlich zum Erstickungstod führten. Ihr müsst euch unbedingt an die Kieler Polizei wenden, ich hörte, dort seien die Untersuchungen schon weit fortgeschritten. Man geht anscheinend davon aus, dass die Medikamente nicht freiwillig gemeinsam eingenommen wurden. Dafür soll es Belege geben. Wenn die in unsere Hand gelangen, dann können wir erreichen, dass Zara in Untersuchungshaft kommt. Wir können dann alles bei ihm zu Hause auf den Kopf stellen. Zara hatte in Kiel bestimmt ein Handy dabei. Das können wir auslesen und feststellen, ob er am Tatort war. Euch fällt sicher noch mehr ein, aber glaubt mir: Unsere Art, Gerechtigkeit auszuüben und zu strafen, ist mühsamer und langwieriger als die der Angels.«
Nach einem Moment des Schweigens fuhr Stange fort:
»Ich jedenfalls muss mich ab jetzt zurückhalten, sonst bin ich verbrannt und stehe auf der Todesliste des Verrats.«

»Trotzdem gehören die Kerle schnellstens hinter schwedische Gardinen«, spuckte der Leiter der Sonderkommission giftig heraus.
Einer aus der Runde sagte leise: »Ja, ja, Häftlinge werden die, die sitzen, weil sie gestanden haben«, er griente nur alleine über seinen Kalauer.

Auch Bömmel kam nicht drum herum, den gründlichen Weg zu gehen. Er fand dafür ein seriöseres, tröstliches Wort:

»Spät erst mahlen die Mühlen der Götter, doch mahlen sie Feinmehl.« (Sextus Empiricus)

Bald gingen sie auseinander. Helmut Stange ließ das Ergebnis für sich Revue passieren. Wegen der gewonnenen Vertrautheit mit einigen Rockerbrüdern hatte er gerade begonnen, seinen Beruf als verdeckter Ermittler zu hassen. Doch als er nun sah, was auf seine Kollegen zukam, kam wieder Wertschätzung für sein Tun auf.

Deren Hauptarbeit bestand aus einer Anhäufung von Banalitäten: Fakten in Dateien checken, Ausfüllen von Formularen, Zeitangaben und Ortsangaben überprüfen, gerichtsmedizinische Erkenntnisse übereinander führen und vieles mehr an langweiligem Stress.

Spannende Aktionen kamen nur selten als Sahnehäubchen obendrauf. Schon eine Observation war etwas Besonderes.

Helmut Stange hatte fürs Erste seine Pflicht erfüllt.

KEMAL YANAR ZIEHT EIN FAZIT

Kemal Yanar hatte mittlerweile erkannt, dass er aus Santa Fu seine Männer nicht optimal führen konnte. Zu viel war in der letzten Zeit schiefgegangen. Er musste aus dem Knast raus und draußen wieder Stärke zeigen. Perfekt zu diesem Zeitpunkt war sein Vater gestorben und seine Beerdigung stand an. Yanar stellte sofort über seinen Anwalt den Antrag, dabei sein zu dürfen. Es war üblich, selbst einem so schweren Jungen diese Gunst zu gewähren. Allerdings hatte dies in verschärfter Bewachung zu geschehen. Eine Begleitung bestand aus vier schwer bewaffneten Beamten. Yanar selbst trug eine Fußfessel. Die Bestattung sollte im Öjendorfer Friedhof stattfinden.

Der Türke musste gar nicht bis auf das Friedhofsgelände. Schon auf dem Friedhofsparkplatz gelang ihm ein Überraschungscoup. Er sprang in ein hochmotorisiertes Auto, dessen Fahrer sofort im Eiltempo losfuhr. Die Flucht gelang.

Es war nicht nachzuweisen, dass die Überwachung des Präsidenten zu lax erfolgte. Doch die Presse vermutete das stark. Nach ihrer Meinung hatte keiner damit gerechnet, dass ein Häftling, der nur noch ein Jahr einsitzen musste, um wieder ein freier Mann zu sein, dies mit einer solchen Aktion ins Risiko stellen würde. Den Journalisten waren eben Yanars Beweggründe nicht bekannt.

Wie sich zeigen sollte, würde der Chef der Mongols bald am eigenen Leib zu spüren bekommen, wie sehr er seine Möglichkeiten draußen in der Freiheit überschätzt hatte. War er im Gefängnis vor vielen Widersachern geschützt gewesen, so konnte er sich nach der Flucht draußen nicht frei bewegen und war für seine Feinde, die genauso nach ihm suchten, wie die Polizei, Freiwild, das es zu neutralisieren galt.

Die sofort einsetzende Fahndung blieb erfolglos. Noch nach Wochen fehlte von dem Flüchtigen jede Spur. Man wurde allerdings auch nicht mit Aktionen konfrontiert, die seine Handschrift trugen. Er war zur Untätigkeit verdammt.

So hatte sich Yanar das Leben in Freiheit nicht vorgestellt. Seine ganze Kraft erstarrte wie in einem Winterschlaf, in dem auch der stärkste Bär in seiner Höhle verschwand.

Je mehr Zeit verging, umso schwermütiger wurde er. Er hatte längst aufgehört, sein Leben neu zu planen. Er war völlig ernüchtert und sah kein Lebensziel mehr, das ihm es wert schien, noch einmal Gas zu geben. Er beschloss stattdessen, von der Bühne

abzutreten. Er wählte dafür einen grauen Regentag. Er hatte sich bis zur Unkenntlichkeit eingemummt und machte sich auf den Weg. Kemal Yanar wollte ihn nicht
alleine gehen. Er hatte einen letzten Plan. Mit seiner Harley fuhr er vor das Clubhaus
der Angels. Er parkte die schwere Maschine am Rande des Parkplatzes. Dort konnte
er sich unter einigen Fichten gut unterstellen und wurde nicht gar zu nass. Yanar
musste nicht lange warten, bis zwei Angels auf den Platz fuhren. Er versuchte gar
nicht erst, sie zu erkennen. Er nahm sie einfach als Ziel, zog seine Pistole und schoss.

Er war ein guter Schütze, traf sie in die Brust, und die beiden waren sofort tot.
Dann steckte er den Lauf der Waffe in seinen Mund und drückte ab. Auch er hatte
danach keine Zeit mehr, zu sinnieren, wie jämmerlich sein Leben gewesen war.

ERKAN ZAHLTE MIT ZINSESZINS ZURÜCK

Celik hatte sich selbst nach längerer Überlegung nicht zur Meinung von Jörn Möller bekehren lassen. Er blieb bei der alten Tradition. Auf einen infamen Mord konnte man nur mit Mord antworten. Das hatte er schon mal für Kalle Torf getan und wollte es wiederholen. Freude an einer solchen Strafe hatte zwar nur der Teufel, aber Erkans Strafe war leidenschaftslose Gerechtigkeit für einen Ungerechten.

Einen Satz von Ewald Christian von Kleist hatte Erkan verinnerlicht: »Späte Strafen sind wie späte Arzneien.«

Er hatte sich nach einigen Verzögerungen nun für schnelles Handeln entschieden. Wie er seine Rache plante, war äußerst menschlich. Er wollte nicht gefasst werden. Einen so selbstzerstörerischen Trieb hatten nach seiner Einschätzung höchstens Serienmörder. Die waren irgendwann so weit, dass sie gefasst werden wollten. Von solchem Naturell war er nicht. Er plante seine Strafe sorgfältig und möglichst risikolos. Allerdings wuchs das Risiko, dass ihm die Staatsgewalt zuvorkam. Er musste schließlich noch den Tagesablauf von Kadir Zara gründlich studieren und dabei den optimalen Ort und den optimalen Zeitpunkt für seine Tat finden. Parallel dazu musste er für sich entscheiden, auf welche Art er Zara töten wollte. Sein tägliches Zeitungsstudium hatte ihn auf eine verwegene Idee gebracht. Gegen Putins Top-General Juri Afanasjewskij war ein ungewöhnlicher Mordanschlag vorgenommen worden. Er wurde allerdings durch die Explosion eines präparierten Handys nur schwer verletzt. Man hatte ihm das Mobiltelefon gereicht, und das explodierte, als er es aktivierte. Mit schweren Wunden durch Splitter an Kopf, Hals und Bauch wurde er ins Krankenhaus verbracht und dort vor dem Tod bewahrt. Der Sprengstoff im Telefon war wohl zu gering gewesen, doch das konnte man besser machen.

Erkan war sich im Klaren, dass eine so spektakuläre Aktion auch für die Bestrafung Zaras ein Fanal wäre. Doch logische Gedanken ließen ihn davon abkommen. Wie bei dem russischen General brauchte man für die Übergabe des Gerätes einen Mittäter. Dessen Verhaftung schien ihm fast unumgehbar und hätte mit großer Wahrscheinlichkeit bis zu ihm geführt. Er entschied sich deshalb für einen anderen Weg mit großer Symbolik. Er wollte Zara an einem sicheren Ort und zu einer sicheren Zeit, wie es mit Kalle Torf versucht worden war, mit fünf Schüssen erledigen.

Zara erwies sich als äußerst umtriebig. Er fuhr oft ein Lieblingscafé an, war fast täglich im Bikertreff der Mongols, aber tat auch täglich vor der Arbeit etwas für seine Fitness. Das wollte sich Erkan genauer ansehen. Hier sah er seine Möglichkeit. Aber der Plan musste perfekt sein, schließlich konnte man kein Omelette goldbraun bekommen, ohne Eier richtig zu zerschlagen.

Zara joggte täglich eine Dreiviertelstunde durch die Alsterauen. Diese Zeitspanne stach Erkan schwer in die Nase. Morgens früh in der Dämmerung konnte er sich im Buschwerk bestens verstecken und dem Mörder auflauern. Die Regelmäßigkeit des Joggens gab ihm die Möglichkeit, den Tattag kurzfristig nach den Wetterbedingungen auszuwählen.

Erkan musste eine halbe Woche warten, bis eine Regenperiode ihr Ende nahm. Danach trat eine günstige Wetterlage ein. Es war trocken und nicht zu kalt. Er nahm den übernächsten Tag ins Visier.

Seinen Platz im Gebüsch hatte er sorgfältig ausgewählt.

Er hatte für ein längeres Stück gute Sicht auf den Joggingweg, war aber selbst von allen Seiten bestens geschützt. Dort blieb er auch unentdeckt, sollte ein anderer Frühsportler zusammen mit Zara vorbeilaufen. Da musste er dann untätig verharren und sein Glück an einem anderen Tag nochmals versuchen.

Sein Standort war auch ohne Wenn und Aber für einen geordneten Rückzug geeignet. Eine schmale Schneise bot ihm die Möglichkeit.

Für sein Gewehr hatte er eine passende Golftasche gefunden. Darin würde es niemandem auffallen, sollte er jemandem begegnen. Er selbst war in dunklen Farben gekleidet und machte mit Mütze und Schal sein Gesicht nahezu unkenntlich. Er hatte darauf geachtet, auch keine auffälligen Dinge wie eine Armbanduhr, einen Armreif oder bunte Schuhe zu tragen. Er fühlte sich bestens gerüstet und sah dem Tag ruhig entgegen.

Erkan Celik hatte seinen Platz im Versteck in den Alsterauen sehr früh eingenommen. Der frühe Vogel fängt den Wurm!

Er wollte Zara keinesfalls verpassen.

Das Wetter entsprach genau der Prognose. Es war trocken, der Himmel war klar und die Außentemperatur angenehm. Erkan hatte sich auf der Golftasche niedergelassen, und zwar so, dass er seine Waffe zum Zielen an einen Baumstamm anlegen konnte. So lauschte er in die Natur.

Die ersten Vogelstimmen meldeten sich und es knackte im Buschwerk, denn auch darin erwachte das Leben der kleinen Tierwelt. Erkan hörte das Wasser in einem Alsternebenarm plätschern. Menschliche Geräusche sowie solche von den ziemlich weit entfernten Straßen waren nicht zu hören.

In dieser Stimmung konnte er sich gut auf sein Vorhaben konzentrieren. Der Türke war völlig entspannt. Erst das sich nähernde Geräusch eines Läufers ließ ihn erstarren. Er entsicherte sein Gewehr und lehnte es fest an den Stamm, um ruhig und sicher zielen zu können.

War der erste Läufer, der vorbeikam, Zara? Er hoffte das sehr und wollte seine blutige Arbeit schnell hinter sich bringen. Er erkannte den Mongol schon von Weitem. Erkan atmete zweimal tief ein und aus, dann hatte er seinen Erzfeind vor Kimme und Korn. Er war sich sicher, im richtigen Moment abzudrücken. Mit dem Schalldämpfer fiel der Schuss äußerst leise aus. Zara fiel im schwachen Plopp auf den Boden und blieb leblos liegen. Vorsorglich schoss Erkan noch eine zweite Kugel in den bewegungslosen Leib. Er wollte sichergehen. Drei weitere Kugeln schoss er in die Luft. Fünf Kugeln, wie bei Kalle, das war ihm wichtig.

Er ließ den Toten einfach liegen, packte seine Waffe ein und trat durch die Schneise den Rückweg an. Das Gewehr wollte er in seiner Garage zertrümmern und noch in derselben Nacht in der Außenalster versenken.

Beim Schießen hatte er Handschuhe getragen, aber er reinigte die Waffenteile trotzdem noch von möglichen Spuren, bevor sie auf Nimmerwiedersehen in der Alster verschwanden. Erkan war mit sich äußerst zufrieden.

Zara hatte Erkans Freund Kalle nicht lange überlebt. Mörder vernichteten oftmals nicht nur ein Leben, sondern sie richteten dabei auch ihr eigenes zugrunde, dachte Erkan stolz auf sein Tun. Aus etwas Unrechtem, etwas Falschem, Bösen kann nichts Gutes entstehen, galt in seinen Augen nur für Zara. An sich selber dachte er dabei nicht.

Nach etwa einer halben Stunde stolperte ein weiterer Sportler fast in den Leichnam hinein. Der Mann hatte noch nie einen Toten gesehen. Ihm wurde heiß und kalt. Trotz der Irritationen blieb er besonnen. Er holte sein Mobiltelefon aus der Tasche des Sweatshirts, tippte die Nummer der Polizei ein. Er konnte den Fundort sehr genau beschreiben. Man bat ihn zu warten und versprach, bald zur Stelle zu sein.

Während die Beamten den Tatort mit dem üblichen Band absicherten, nahm ihn ein Kriminalkommissar sehr behutsam zur Seite und stellte ihm präzise Fragen. Doch der Mann hatte niemanden gesehen, weder am Tatort noch beim Fortlaufen.

Er hatte noch nicht mal Schüsse gehört. Bestimmt wurde mit einem Schalldämpfer geschossen, zog der Kriminalkommissar seinen ersten sachdienlichen Schluss.

Inzwischen erfolgten die üblichen Untersuchungen. Alles wurde mit Fotos festgehalten. Ein Bild mit dem Gesicht des Toten und dem erkennbaren Halsband-Tattoo ging per Mail ins Revier. Die leblosen Züge waren weiß wie gekochter Reis.

Per Telefon erging die Aufforderung, den Toten in den Dateien zu suchen. Da Zara mehrfach auffällig geworden war und jedes Mal erkennungsdienstliche Maßnahmen erfolgten, war es kein Meisterstück, ihn alsbald zu identifizieren. Es dauerte nur bis zum frühen Nachmittag, da wussten KHK Bömmel und seine Sonderkommission Rocker schon, dass ihnen jemand mit der Bestrafung zuvorgekommen war. Helmut Stange hatte mit seiner Befürchtung Recht behalten. Aber diese Entwicklung stellte ihn nur vor neue Aufgaben: Stange musste den Mörder des Mörders überführen! Das Perverse daran war, er wusste genau, wer dieser Mörder war, und hatte sogar ein wenig Verständnis für ihn.

WIRKUNGSLOSE DISKUSSIONEN ÜBER ERKANS RACHE

Jörn Möller und Helmut Stange hatten beide vor, ein Gespräch mit Erkan Celik zu führen. Für sie stand fest, dass ihr Boss Zaras Racheengel war. Sie hatten von Anfang an befürchtet, dass Erkan von seinem Ehrenkodex nicht abzubringen war.

Die beiden Männer kamen einzeln zu dem Schluss, ein Gespräch zu suchen. Ihre Intentionen waren unterschiedlich. Jörn Möller wollte trotz aller Vorbehalte Erkan schützen.

Erkan musste abtauchen, sonst war es nur eine Frage der Zeit, bis er ebenfalls über den Jordan ging. Auch wenn Möller Erkans Tun von Anfang an abgelehnt hatte, herrschte nun bei ihm die Absicht vor, das Leben des Freundes zu erhalten, und das würde nach seiner festen Überzeugung eine Sisyphusarbeit.

Dass Helmut Stange eine Aussprache suchen wollte, hatte ein anderes Motiv. Stange suchte für sich Gewissheit über Celiks Schuld. Erkan war durch den Mord zwar unzweifelhaft zum Kriminellen geworden, aber den Ehrenkodex, dem der Türke folgte, konnte Stange nachvollziehen. Stange kam in Zweifel, ob man die Tat mit anderen Maßstäben bewerten müsse.

In ihm blitzte ein bekannter Satz auf:

In dubio pro reo!

Dieser Ausdruck hielt seine Zweifel treffend fest. Er wurde für ihn zum Zweifelsatz wie für einen Richter, der letztlich bei seiner Urteilsfindung Zweifel an der Schuld des Angeklagten behielt und ihn nicht verurteilte.

Zudem hatte Stange in ihrer gemeinsamen Zeit bei den Angels viele weitere positive Eigenschaften an dem Türken entdeckt, die er nun gedanklich in die Waagschale warf. Erkan war ehrlich, gerecht und hatte Mut. Er war hilfsbereit und sein Kopf war für die Angels stets übervoll mit positiven Plänen gewesen. Er würde auch bestimmt die Idee, die er von Gut und Böse hatte, vehement verteidigen.

Helmut Stange war andererseits bewusst, dass seine Kollegen, bei voller Kenntnis der Umstände, das Lebensbuch für Erkan grausam umschreiben würden. Für sie war er schuldig. Das Urteil konnte nur lebenslänglich lauten. Das würde Erkan aber wie eine langsame Hinrichtung empfinden und nicht akzeptieren. Wie er reagieren würde, konnte Stange allerdings nicht einschätzen.

Er war sich auch für sich selbst unsicher, wie er sich entscheiden musste, was er für Erkan tun konnte und ob er dessen Argumenten folgen würde. Darum wollte er ein klärendes Gespräch mit ihm suchen. Diesen Entschluss traf er voll Unsicherheit. Er hatte Angst, von dem System des Polizeiapparats zerrieben zu werden, in das er sich mit Begeisterung hineinbegeben hatte, und fragte sich, ob der Unterschied zwischen einem Kriminellen und dem, was Erkan durch seine Tat geworden war, seinen Freispruch in den Augen eines Polizisten überhaupt rechtfertigen konnte. Er musste sich rasch entscheiden, denn bald würden andere das Urteil zur Tat und dem Täter fällen und dessen Durchsetzung fordern. Aber zunächst brauchte er Klarheit für sich selbst.

Eine akute Gefahr hatte er vor Augen: Für die Mongols war Erkans Alibi löchrig wie ein Emmentaler. Für sie stand seine Schuld am Tod von Kadir Zara fest. Über ihm hing deshalb das Gebot der Rache für seine Tat. Die Rache war für die Mongols nach ihrem Kodex zwingend. Eine Antwort auf die Frage, ob Rache oder Gerechtigkeit siegen würde, konnte sich nur in einem Wettlauf zwischen der Staatsgewalt und den Rockern entscheiden. Eins war Stange inzwischen klar: Strafe sühnte nicht, Vergebung löschte Geschehenes nicht aus, denn Getanes wurde nicht ungetan. Diese Erkenntnisse verwirrten ihn und ließen ihn keine Entscheidung für sein eigenes Verhalten finden.

Mit seinen Mutmaßungen behielt Stange Recht.

Die Mongols hatten über ihre Kanäle die beiden Angels in Erfahrung gebracht, die in Kiel den Mörder von Kalle Torf suchten. Für sie war klar, dass der Boss der Angels, also Erkan Celik, die Ehrenschuld für seinen Vorgänger übernommen hatte, Zara zu töten. Nun war es ihre Pflicht, die Kette der Rache fortzusetzen. Sie hatten auch schon entschieden, dass Celiks Begleiter Jörn Möller als »Beipack« mit ihm in der Hölle schmoren sollte. Dies erwartete auch Helmut Stanges Bauchgefühl.

Die Mongols waren ebenfalls in Eile. Wer die Bestrafung unnötig verzögerte, ließ nach ihrem Kodex die Zügel fahrlässig schleifen.

Jörn Möller hatte inzwischen eine Idee, wie es mit ihm und Erkan Celik weitergehen sollte. Er selbst war seiner Geburtsstadt müde geworden und dachte auf jeden Fall an Tapetenwechsel. Die Region um Köln war seine erste Wahl. Sein Umfeld in der Hansestadt hatte sich zunehmend in einen Sumpf verwandelt. Jörn suchte wieder die Ruhe und die ruhige Hand von Siggi Schmitz während seiner Kölner

Zeit und Sicherheit vor der Rache der Mongols. Er wollte Erkan vorschlagen, mit ihm zu kommen. Nach seinem Wissen hatte Siggi immer noch keinen festen Vereinssitz. Er stromerte durch ganz Nordrhein-Westfalen. Wenn Erkan sich diesem Lebensstil anschließen würde, war es für die Mongols nicht leicht, ihn zu finden, um ihn zu liquidieren. Zumindest war der Raum um Köln für die erste Zeit ein erfolgversprechendes Versteck. Von dort aus konnte man bei erkennbaren Risiken weitersuchen, bis hin ins Ausland. Jörn hatte zunächst an Mallorca gedacht, aber von dort war ihm zu Ohren gekommen, dass alle Deutschen und insbesondere die deutschen Rocker inzwischen in Ungnade gefallen seien. Sie hatten das beschauliche Miteinander der Insulaner ziemlich auf den Kopf gestellt. Selbst die Polizei, die immer ein Auge zugedrückt hatte, ging mittlerweile mit schweren Geschützen gegen die Deutschen vor.

Für Erkan und ihn bestanden ansonsten im EG-Raum Sprachprobleme. Für Erkan alleine war noch die Türkei eine Alternative. Dieses islamische Land stellte sich zuerst einmal vor seine Landsleute. Doch dort war kein Platz für Jörn und selbst Erkan entsprach nach Jörns Meinung nicht den Anforderungen, die das Erdogan-Regime an willkommene Mitbürger stellte.

Erkan war kein gläubiger Muslim und kein türkischer Patriot. Bei dieser Sachlage hatte Jörn ebenfalls großen Redebedarf mit seinem Freund. Köln war für ihn die erste Option. Siggi war zwar nie ein Ausländerfreund gewesen, aber er würde ihm keine Bitte abschlagen und seinem Freund Erkan Gastfreundschaft gewähren. Er wollte das Gespräch schnellstmöglich suchen.

Die Dämmerung hielt gerade noch die Nacht in Schach, als sich Stange auf den Weg machte. Ihm schien diese Zeit besonders günstig, denn am Montag, dem ersten Arbeitstag der Woche, vermutete er Erkan zu Hause. Das Wetter war auch nicht so, dass es einen vor die Tür trieb. Es war kalt und windig, regnete aber Gott sei Dank nicht. Stange entschied sich deshalb für einen Fußmarsch. Vielleicht würde der Wind seine Gedanken noch auffrischen.

Erkan öffnete ihm auf sein Klingeln die Tür. Er war überrascht, seinen Rockerbruder zu sehen. »Was treibt dich denn zu mir?«, wollte er wissen.

Helmut Stange entschloss sich, nicht um den heißen Brei herum zu reden. »Ich wusste, Erkan, dass du einen sturen Kopf hast und Jörns und meine Ratschläge gut überhören kannst. Aber ich habe nicht gedacht, dass du so schnell zur Tat schreiten würdest.«

Erkan antwortete nicht. Das war für Helmut deprimierend. Stille konnte so unheimlich einnehmend sein, dachte er.

Doch er gab nicht auf und legte nach: »Ich bin kein Weissager, aber wenn du so weitermachst, wird dir keine lange Zukunft beschieden sein.« Helmut Stange hörte sich dabei sehr bestimmt an.

Erkan lachte, und es war ein freudloses Lachen. Dann outete er sich freimütig als Mörder: »Dem Delinquenten gefällt kein Baum, an dem er hängen soll. Aber sei beruhigt, ich werde Vorsorge treffen. Ich möchte nicht gehenkt werden, denn ich glaube nicht, dass ich dann automatisch in den Himmel komme.«

Helmuts Gesicht lief vor Aufregung an, bis es die Farbe einer frischen Blutwurst hatte. Dann musste es aus ihm heraus: »Nun hast du also deine Tat praktisch zugegeben. Damit ist die Wahrheit wenigstens nicht das erste Opfer geworden. Aber ich bin hier, um mit dir für deine Zukunft den richtigen Weg zu suchen. Hast du eigentlich keine Angst?«

Erkan sah ihn erstaunt an, dann antwortete er:

»Ich habe mein Leben lang die Angst gesucht, beim Motorradfahren, beim Fallschirmspringen und als Kind schon beim Anschauen gruseliger Filme. Warum soll ich also nun Angst haben, ohne damit problemlos fertig zu werden? Die Mechanismen der Furcht in unserem Körper setzen bei mir immer nur Adrenalin frei, und das mag ich. Man muss kämpfen können, um nicht kämpfen zu müssen.«

Erkans Gedanken schweiften weiter: Von Helmut Stange hatte er so viel Mitgefühl gar nicht erwartet, eher von Jörn Möller, doch der war bisher nicht aufgetaucht. Er suchte krampfhaft nach einer Möglichkeit, Stange schnell wieder loszuwerden. Der Türke war sich nicht sicher, sie gefunden zu haben und fuhr deshalb einfach mit seinen Erklärungen fort:

»Eine Tat zeigt ihre Konsequenzen. Ich kann nicht damit rechnen, dass sie mir vergeben wird. Auslöschen kann ich sie auch nicht. Also kann ich mich nur gegen die Folgen wappnen. So bin ich bisher immer vorgegangen, wenn ich die Angst herausgefordert hatte. Ansonsten muss ich Fatalist bleiben. Ihr Deutsche sagt zu solchen Situationen so treffend:

‚Ein Krug geht so lange zum Brunnen, bis er bricht.‘

Damit muss ich leben, und zwar ganz alleine. Ich danke dir für dein Hilfsangebot, aber ich werde es nicht annehmen. Lass uns stattdessen lieber gemeinsam einen Schluck Rotwein trinken. Vielleicht nimmt das dir für den Moment die Sorgen, wenngleich meine bestimmt zurzeit ungleich größer sein dürften als deine.«

Erkan zündete eine Kerze an und ihr Licht flackerte als Schatten auf der Raufaser-tapete. Der Türke versuchte mit einem Satz die eingetretene Sprachlosigkeit zu über-winden: »Kein Licht ohne Schatten.«

Diese unwichtige Wahrheit innerhalb ihres ernsten Gespräches ließ Helmut Stange wütend werden. Er kam auf den Punkt zurück:

Aus etwas Unrechtem, etwas Falschem, Bösen kann nichts Gutes entstehen. Du wirst die Folgen zu spüren bekommen, so oder so«, erwiderte er grantig.

Als sie wenig später auseinandergingen, wusste Stange immer noch nicht, wie er sich verhalten sollte. An der Tür waren sie um eine kurze Männerumarmung bemüht. Doch beide waren erleichtert, als sich die Wohnungstür zwischen ihnen schloss.

Jan Möller schaute bald, wie von Erkan befürchtet, bei ihm vorbei. Erkan blieb stur bei seiner Einstellung. Er wollte für seine Sicherheit selbst sorgen, und eine Flucht nach Köln war für ihn keine Lösung. Schließlich gab Möller seinen Überzeugungs-versuch auf. Erkan war mündig und frei, zu tun, was er wollte. Trotzdem erfasste Möller eine böse Vorahnung und Traurigkeit.

Die Mongols berieten sich im großen Kreis über den Fortgang der unendlichen Geschichte. Am nächsten Freitag gegen 21:00 Uhr trafen sie eine Entscheidung. Niemand stimmte gegen Rache. Aus denjenigen, die sich als Vollstrecker anboten, wählten sie den 35-jährigen Mustafa El-Erian aus. Die Gründe für ihn waren plausi-bel: Mustafa war kein Heißsporn mehr. Er galt als bedacht, hatte Durchsetzungsver-mögen und war konsequent, wenn er sich einmal für etwas entschieden hatte. Das hatte er während mehrerer Einsätze für den Club unter Beweis gestellt. Er stand auch nicht vor seinen ersten Morden. Den älteren seiner Rockerbrüder war außerdem klar, dass El-Erian mit einer anerkannten, erfolgreichen Tat in der Club-Hierarchie aufsteigen wollte. Er war ambitioniert und sah für seine Laufbahn in der Gemein-schaft das Ende der Fahnenstange noch lange nicht erreicht.

Die Runde war erleichtert, dass eine nahezu einstimmige Entscheidung gefallen war und man endlich zur Sache gehen konnte. El-Erian war sehr beliebt, und so gab es unter seinen erfolglosen Mitbewerbern auch keine Missstimmung.

Einige von ihnen hatte man sogar als Kandidaten vorgeschlagen, sie hatten sich nicht selbst zur Wahl gestellt, und nun waren sie gar nicht unglücklich darüber, dass sie nicht für die Tat ausgewählt worden waren.

Letztlich ging ein Mord immer mit großem Risiko einher. Einige von ihnen dach-ten deshalb sogar: Ich habe Glück gehabt und bin noch einmal davongekommen.

Mustafa El-Erian war erleichtert, dass man ihm für seine Aufgabe keine Vorgaben machte. Er hatte nämlich für sich schon längst eine gewichtige Entscheidung ge-troffen, nämlich, dass es bei einem Doppelschlag gegen die Angels bleiben sollte: Täter und Mittäter sollten sterben.

Er war sich im Klaren, dass einige der Besonneneren unter seinen Brüdern dagegen gewesen wären, wenn darüber länger diskutiert worden wäre. Nach deren Meinung würde ein Doppelschlag den Konflikt zwischen den Clubs nur weiter eskalieren lassen. Wenn er allerdings erst mal alles erfolgreich durchgeführt hatte, würden auch die Zauderer für seine Entscheidung lobende Worte finden.

Die Ausgestaltung der Tat war also ganz allein sein Ding. Er wollte nicht zum Versager werden. Er würde schon an seinem freien Samstag mit der Planung beginnen. Eine solche Aufgabe lag schließlich schwer auf den Schultern, und er wollte sie schnell hinter sich bringen. Schon jetzt gingen ihm erste Überlegungen durch den Kopf und er versuchte, sie im Gedächtnis zu behalten.

El-Erian wurde an diesem Abend in der Gemeinschaft nicht alt. Er wollte ver-meiden, dass ihm doch noch Vorschläge mitgegeben wurden. Auch zu viel Alkohol durfte vor einem solchen Vorhaben nicht fließen.

OH ERKAN, WER RACHE AUSÜBT, SOLLTE VORSORGLICH ZWEI GRÄBER AUSHEBEN

Zwei Dinge, die El-Erian bereits am Vorabend bedacht hatte, waren am Samstagmorgen noch präsent: Da die beiden Angels nicht beieinander wohnten, würde es einfacher sein, sie jeweils gesondert zu töten. Auch hinsichtlich der Reihenfolge hatte er Klarheit:

Der Angels-Boss Erkan Celik musste das erste Opfer sein. Dass man an ihm Rache nehmen würde, wurde bestimmt bei den Angels am ehesten vermutet. Jörn Möller, den El-Erian nicht einmal persönlich kannte, stand eher nicht im Fokus. El-Erian rechnete deshalb kaum damit, dass ein Mord an Celik bei Jörn Möller Angst um sein eigenes Leben wecken würde. Üblicherweise begnügte man sich beim Rachenehmen mit dem Tod desjenigen, der an der vordersten Front stand. Und das war zweifellos der Angels-Boss höchstpersönlich. Die Würfel waren damit zunächst in seine Richtung gerollt.

Nun musste sich El-Erian mit seinem Opfer gründlich beschäftigen: Wie gestaltete es seinen üblichen Tag? Welche Vorlieben hatte es? Welche erkennbaren Schwächen von ihm konnte man ausnutzen? Welches optimale Zeitfenster blieb für die Tat? Er musste die beiden nacheinander gründlich und möglichst unauffällig beobachten.

Erkan Celik kam als Erster dran. Sollten beide ab und zu zusammen sein, würde er natürlich die Gelegenheit gern für beide nutzen.

El-Erian erfuhr rasch, dass der Angels-Boss ein sehr getaktetes Leben führte. Gewisse Ereignisse traten nahezu täglich zur gleichen Zeit ein. Vor Arbeitsbeginn joggte er eine Dreiviertelstunde auf den Alster-Wiesen. Wenig später fuhr er mit dem Motorrad zur Arbeit nach Altona und parkte die Maschine in der Tiefgarage. Fast jeden Abend machte er einen Besuch im Clubhaus. Auch dorthin fuhr er mit der Harley und parkte hinter dem Gebäude. Diese drei Orte analysierte er für den geplanten Racheakt akribisch.

Er besuchte die Stellen mehrfach zu den entsprechenden Zeiten, um Kriterien für eine richtige Auswahl zu finden.

Das Alsterufer in der Nähe der Wohnung schied für ihn als Erstes aus. Es gab zwar genügend Büsche, um sich geschützt auf die Lauer zu legen, und ein Schuss mit dem Schalldämpfer war durchaus möglich. Aber dort gab es in den frühen Morgenstunden schon sehr viel Betrieb. Hunde wurden ausgeführt, es wurde gelaufen und Fahrrad gefahren. Viele Frühaufsteher konnten ihm leicht in die Quere kommen. Wenn jemand ein Opfer im Schuss fallen sah, war schnell ein Handy für einen Anruf bei der Polizei im Betrieb.

Auch wenn El-Erian sich danach ohne Hast entfernte, konnte er gesehen werden. Er war groß und auffällig. Auf jeden Fall musste er auf seiner Flucht die Straße queren, wobei er von vielen Autofahrern gesehen wurde.

Selbst wenn er die Pistole zunächst im Busch zurückließ, erschienen ihm die Gesamtumstände suboptimal.

Ein übereifriger Beamter konnte wohlmöglich von allen untersuchten Passanten Schmauchspuren an Händen oder Handschuhen abfordern. Er verwarf diese Option.

El-Erian fand keine Befriedigung darin, eine Rachemöglichkeit bereits ausgeschlossen zu haben. Immerhin musste er noch zwei überprüfen, und das bedeutete weiter verrinnende Zeit. Zu Hause bekämpfte er seinen Frust mit zwei eiskalten Holsten-Bieren aus dem Kühlschrank.

Nach der Wetterprognose sollte es am nächsten Tag noch mal trocken sein. Für danach prognostizierten die Wetterfrösche aufkommende Schauer und ein Sturmgebiet über Hamburg. El-Erian beschloss, für sich aus diesen Vorhersagen Nutzen zu ziehen. Für den nächsten Tag wollte er in den Abendstunden die Verhältnisse um das Clubhaus der Hells Angels inspizieren. Ein Besuch der Tiefgarage passte einfach besser zum Regenwetter. In der Garage hatte er ein schützendes Dach über dem Kopf.

Das Wetter hielt sich am nächsten Tag wirklich. Es war zwar kühl, aber trocken. Er fuhr Richtung Parkplatz am Clubhaus. Von Weitem sah er, dass der schon gut besetzt war. Es gab wohl viele, die die abendliche Freizeit nutzten, um bei etwas Alkohol den Stress des Tages zu vergessen oder auch bettschwer zu werden. Der Mongol beschloss instinktiv, nicht auf dem Parkplatz zu parken. Sein Wagen war auffällig lackiert und konnte leicht in Erinnerung bleiben. Auf jeden Fall war er für alle Besucher fremd, denn El-Erian hatte hier noch nie geparkt. Er fuhr langsam am Haus vorbei und suchte sich eine Parknische am Straßenrand. Es wurmte ihn etwas, mehr als fünf Minuten zurücklaufen zu müssen. Nach Abendsport stand ihm der Sinn nämlich nicht.

Der Parkplatz hatte mehrere Bereiche, in denen man sich abends im Dunkeln gut verstecken konnte. Dort ungesehen auf Erkan Celik zu warten, war kein Problem. Aber anders als an den Alsterwiesen wollte er dort nach einem tödlichen Schuss bzw. vor seiner Flucht danach die Waffen nicht liegen lassen. Die Rockerbrüder von Erkan würden nach dessen Tod bestimmt jeden Stein umdrehen, um eine verwertbare Spur zum Täter zu finden. Außerdem konnte er beim Verschwinden allzu leicht einem kommenden oder gehenden Gast in die Arme laufen. Bei dem starken abendlichen Besuch, den er nun miterlebt hatte, war das nicht auszuschließen. Deshalb setzte er nun alle Hoffnung auf die Tiefgarage.

Am nächsten Morgen wütete das Wetter wie angesagt. Mustafa El-Erian hatte schon von seinem Fenster aus erkannt, dass die Wetterprognose wieder einmal stimmte. Er musste sich entsprechend anziehen. Er wollte zunächst seinen »Friesennerz« überziehen. Dieser gelbe, wetterfeste Mantel wurde zuerst von den Fischern in Friesland getragen und hatte deshalb diesen Namen.

Doch dann entschied er sich gegen diese Bekleidung. Mit dem gelben Mantel würde er in der nicht allzu hellen Tiefgarage wie eine Leuchtboje auf sich aufmerksam machen. Das passte nun gar nicht zu seinem Vorhaben. Er holte seinen dunkelblauen Regenmantel aus dem Schrank und schimpfte leise vor sich hin, weil er nicht ganz so regensicher war und keine Kapuze hatte.

Auf dem Weg zu seinem Wagen hielt Mustafa seinen Kopf gesenkt und stemmte sich gegen den Wind. Bald rollten die ersten Regentropfen aus dem Haarschopf unter den Hemdkragen auf den nackten Rücken und ließen ihn erschaudern. Als er den Wagen erreichte, stand der Sturm direkt auf der Fahrertür. Er brauchte sein ganzes Gewicht und alle Kraft, um sie aufzustemmen. Als er auf dem Fahrersitz saß, sog das Polster die Nässe gierig aus dem Mantel. Gott sei Dank muss ich in der Garage nicht nochmal durch den Regen. Dort habe ich ein Dach über dem Kopf, dachte er und fuhr los. Es war schon viel Verkehr auf der Straße. Es gab doch einige Mitbürger, die früh zur Arbeit fuhren. Mustafa musste Schlange fahren und tat dies äußerst vorsichtig und mit genügend Abstand. In der Hansestadt gab es noch viel Kopfsteinpflaster, auf dem man leicht rutschte und Auffahrunfälle verursachen konnte. Als er Altona erreichte und ins Parkhaus hineinfuhr, registrierte er sofort, dass hier nicht die große Zahl an Frühaufstehern zu Hause war. Die Reeperbahn kannte mehr Nachteulen, sowohl gewerbliche als auch touristische. Entsprechend waren die Packtaschen um diese Zeit recht leer und die Räumlichkeit recht dunkel, wie er das vermutet hatte. Diese Umstände kamen seinem Plan entgegen. Er musste im Erdgeschoss auf Celik warten. Seinen auffälligen

Wagen wollte er allerdings eine Etage höher parken, damit der später nicht mit dem Tatort in Verbindung gebracht wurde.

Die Säulen zwischen den Parktaschen boten ihm zu seiner Erleichterung im Halbdunkel genügend Schutz, den Hells Angel zu erwarten, um den tödlichen Schuss abzugeben.

Die Verhältnisse waren auch für sein Verschwinden ideal. Er hatte den richtigen Ort für seine Tat gefunden und wollte sie bereits am nächsten Tag hinter sich bringen. Keinesfalls wollte er sich später vorwerfen, zu lange zugewartet zu haben. Zufrieden fuhr er zu seiner Arbeitsstätte. Auch dort konnte er im Trocknen parken. Das war ein weiteres Geschenk, denn draußen plästerte es unentwegt weiter. Die Scheibenwischer kamen kaum gegen den Regen an. Ihm blieb nur ein verschwommenes Bild der Straße, was ihn weiterhin zwang, vorsichtig zu fahren. Während des Arbeitstags fühlte er sich immer wieder abgelenkt. Er sehnte das Arbeitsende herbei.

Doch auch zu Hause ließ die Unruhe nicht nach. Er war nicht so hart gestrickt, dass er einen bevorstehenden Mord einfach so wegstecken konnte. Er ließ nichts aus, um sich abzulenken und zu beruhigen. Er sah Fernsehen, wechselte nervös auf seine Lieblingsmusik über und trank mehr Alkohol als sonst. Als er endlich die genügende Bettschwere gefunden hatte, stellte er noch den Wecker für nächsten Morgen. Er durfte keinesfalls verschlafen.

Sein Schlaf verlief unruhig und der Mongol hatte beim morgendlichen Erwachen keine Erinnerung daran, dass er den Mord während des Schlafs im Traum mehrfach erlebt hatte.

Der Wecker hatte ihn pflichtgemäß geweckt und El-Erian war sofort aus dem Bett gestiegen, um sich für die Rache an Erkan Celik bereit zu machen. Dabei trat ein Umstand ein, den er aus seinem früheren Verhalten kannte: Je näher der Zeitpunkt kam, an dem er sich beweisen musste, umso ruhiger wurde er. Er frühstückte wenig, und bald saß er, wiederum in nasser Regenkleidung, in seinem Wagen und fuhr Richtung Altona.

El-Erian parkte seinen Wagen auf dem ersten Oberdeck, ging zur Auffahrt und lauschte. Als er keine Fahrgeräusche hörte, eilte er verbotenerweise die Auffahrt hinunter. Er wollte sich die Treppe ersparen und schneller unten in Position sein. Das gelang ihm problemlos. Im Parterre waren noch viele Parkplätze frei. Das stärkte seine Hoffnung, der Hells Angel würde direkt im Erdgeschoss parken.

Um ihm für einen Schuss nahe genug zu sein, wählte er ein Versteck hinter einer Säule in der Mitte des Parkdecks.

Von dort aus war es in alle Richtungen sicher, einen finalen Schuss abzugeben. Mustafa war außerdem ein guter Schütze. Er wählte eine Säule zwischen zwei eingeparkten Wagen. So konnte an dieser Stelle niemand einparken und ihn hinter der Säule entdecken. Er lobte sich selbst innerlich für seine Übersicht, und die machte ihn zuversichtlich. Inzwischen waren bereits zehn Minuten vergangen, ohne dass jemand ins Parkhaus reingefahren war. El-Erian wurde wieder ein wenig unruhig. Er wollte die Sache hinter sich bringen. Hoffentlich kommen nicht zunächst auch noch fremde Wagen. Er wünschte sich lieber direkt Erkan auf seinem Motorrad.

Der Mongol lauschte andächtig in die Stille und wartete ungeduldig auf das Röhren einer schweren Maschine. Glücklicherweise erkannte er sofort das satte Geräusch einer Harley-Davidson. Ein solches Geschoss fuhr der Türke, und El-Erian hörte es von der Straße her einfahren. Seine Pistole mit Schalldämpfer war bereit.

Mit der Wahl eines Verstecks in der Mitte des Parkdecks lag er richtig. Hinter ihm waren weit mehr Plätze noch frei als vor ihm. Er erkannte sein Opfer, als es langsam an ihm vorbeikam und in die erste freie Parktasche hineinfuhr. Sie war nur drei Taschen von ihm entfernt.

Das wird ein todsicherer Schuss, munterte sich Mustafa auf, legte ruhig die Waffe an der Säule an und wartete. Erst als Erkan ganz aus der Packtasche herausgetreten war, schoss er. Der Türke sackte in sich zusammen und blieb regungslos liegen. Auf die Nähe hatte Mustafa einen Kopfschuss gewagt und perfekt getroffen.

Selbst im Halbdunkel konnte er erkennen, wie sich um den Kopf der Leiche eine Blutlache bildete. Er eilte an seinem Opfer vorbei und nahm wieder den schnelleren Weg über die Auffahrt zu seinem Wagen. Die Abfahrt erfolgte auf der anderen Seite. Er musste nicht Mals mehr an dem Toten vorbeifahren. Mustafa bezahlte am Kassenautomat neben dem Treppeneingang und machte sich rasch auf den Weg. Es schien ein Glückstag für ihn zu werden. Alles war gut gegangen. Auf der Straße beschloss er, nicht sofort zu seiner Arbeitsstelle zu fahren. Er wollte erst einmal fürstlich frühstücken. Das hatte er sich verdient. Seine Verspätung konnte er mit einer Notlüge befriedigend erklären. Er habe wegen starker Migräne einen Arzt aufgesucht, hielt er als Entschuldigung parat. Für einen solchen Zeitausfall verlangte sein Arbeitgeber nicht einmal eine Krankschreibung. Als er im Büro ankam, fühlte er sich so pudelwohl, dass es ihm schwerfiel, eine Migräne vorzugaukeln. Es gelang ihm aber so gut, dass sein Chef ihn wohlwollend nach Hause schickte.

»Nimm deine Tabletten, leg dich ins Bett und ruh dich aus, dann bist du morgen für mich wertvoller als heute so kaputt«, erklärte der dabei. Nichts tat Mustafa lieber als das. Bei dem Sauwetter blieb er zu Hause und verwöhnte sich. Im Moment des Triumphes über die geglückte Tat war ihm nicht bewusst, dass von nun an der Racheengel auch über ihm schweben würde.

MUHAMMED AKYO HOFFT AUF MALLORCAS ZUSTAND ALS FRIED-LICHE FERIENINSEL

Muhammed Akyo wohnte inzwischen schon länger in Saus und Braus auf Mallorca. Im Hotel Son Baulo in Lloret de Vistalegre war er beliebter Dauergast und wurde verwöhnt. Er mochte kein Salzwasser, aber er nutzte fast täglich den Swimmingpool. Der Hausherr hatte ihm inzwischen das beste Zimmer zugestanden. Er wollte diesen solventen Gast um jeden Preis an sich binden. Akyos Langzeittarif war durch die Zugeständnisse nicht angestiegen.

Muhammed musste sich über das Inselleben nicht mehr nur in der deutschsprachigen Mallorca-Zeitung informieren.

Er hatte sich durch den Umgang mit Spaniern genügend Spanischkenntnisse angeeignet, um auch in dieser Sprache für den Alltagsgebrauch seinen Mann zu stehen. Natürlich war die Aussprache, die Wortwahl und die Grammatik lange nicht perfekt. Aber man trat ihm im Umgang mit großer Sympathie entgegen, denn nicht viele Deutsche bemühten sich um solchen Kontakt.

Auf seinem Motorrad hatte er inzwischen die gesamte Insel erkundet und für sich die schönsten Plätze gefunden, aber auch längst wahrgemacht, nach Rockerbrüdern zu suchen.

Es fiel ihm nicht schwer, fündig zu werden.

Es gab ein Hells Angels Charter in der Hauptstadt Palma de Mallorca.

Die Mitglieder hatten einige Treffpunkte auf der Playa de Palma. Eine Bierhalle, eine Pizzeria und eine Disco gehörten dazu. Manchmal traf man sich auch auf dem Ballermann, wo sich viele deutsche Touristen herumtrieben.

Die Brüder des Charters waren zu seiner Freude überwiegend Deutsche. Es gab allerdings auch einige wenige Türken, Luxemburger und sogar Spanier darunter. Diese Männer zeigten eine gehörige Portion Arroganz und Aggressivität, die einen künstlich erhöhten Testosteronspiegel vermuten ließen. Akyo suchte den Kontakt, aber hielt sich bei diesem männlichen Gehabe bewusst zurück. Er zahlte gerne ab und zu eine Runde und ließ durchaus erkennen, dass er nicht auf den Cent schauen musste.

Sein Vermögensstand schien die anderen sehr zu interessieren. Als die das Gefühl gewonnen hatten, dass er ein zuverlässiger Bruder war und Spielraum hatte, in ihre eher zwielichtigen Geschäfte zu investieren, schimmerten sie ihn in vorgerückter Stunde bei schon höherem Alkoholpegel in ihre Machenschaften ein.

Sie begannen dabei mit der Zuhälterei, für die man unter gestandenen Männern Verständnis hatte und an der man Interesse aufbrachte. Bald wusste Akyo, wie sie vorgingen: Besonders aus den östlichen Ländern wurden Frauen mit falschen Versprechungen angelockt. Man versprach ihnen gutes Geld für ordentliche Arbeit in der Bewirtungsindustrie. Sie wurden am Flughafen abgeholt und in eine Wohnung gebracht. Dort fiel ihnen schnell wie Schuppen von den Augen, was sie wirklich zu tun hatten. Denn man erklärte ihnen hier ihren wirklichen Job. Nein zu sagen, wagten sie nicht, dazu sah ihr Begrüßungskomitee zu gefährlich aus. Außerdem hatten die meisten von ihnen alles Geld in die Überfahrt gesteckt und waren nun dem Druck ihrer neuen Herren hilflos ausgesetzt. Sie wurden in dafür umgewidmete Altbauwohnungen der Altstadt einquartiert oder in besonderen Bordellen, zum Beispiel im Stadtteil Porto Palma, kaserniert. Um die Hurenhäuser wurde mit Kampfhunden patrouilliert, um die armen Frauen unter der Knute zu halten.

Akyo war bald überredet, sich an diesem Geschäft mit 150.000 Euro zu beteiligen und lernte es rasch schätzen, mit diesem Investment eine große Rendite einzufahren. Die vielen hässlichen Dinge, die eine solche Rendite erst möglich machten, hielt man bewusst von ihm fern.

Man zwang die Huren zu Schönheitsoperationen, ganz nach Wunsch ihrer Freier, und die hatten teils wilde Vorstellungen, was attraktiv war.

Ein deutscher Arzt praktizierte nicht nur in Deutschland, sondern auch auf der Insel. Wegen der hohen Bezahlung war er zu mancher Schandtat bereit. Da er auf der Insel möglichst viel Freizeit haben wollte, leistete er Fließbandarbeit. Dabei ging mancher Kunstgriff daneben und das Opfer musste »entsorgt« werden. Für ihn war nur ärgerlich, dass er den Nachschub bezahlen musste, aber das schmälerte seinen hohen Gewinn nur ein wenig.

Eine Nutte, die danach als Tellerwäscherin arbeitete, zeigte in ihrem Bekanntenkreis gerne ein Tattoo, das sie sich völlig desillusioniert auf den Oberschenkel hatte stechen lassen:

»Das Leben besteht nur aus Leiden.«

Wenn eine der Liebesdamen aufmüpfig wurde, sperrte man sie in einen Hundekäfig und setzte sie ohne Wasser der glühenden Sonne aus. Die armen Frauen holten sich auf den durch die Sonne aufgeheizten Steinplatten, sitzend, Brandblasen am Körper, mit denen sie danach nur unter großen Schmerzen sitzen oder liegen konnten. Wer eine solche Tortur einmal miterlebt hatte, galt hinterher als gezähmt. Manchmal benutzten die Männer diese Folter ganz ohne Grund, nur zum eigenen Amüsement. Ihre sadistische Freude ging oft weiter, wenn sie die armen Wesen zwangen, sich trotz der Schmerzen hinzulegen und sie vergewaltigten.

Wenn man sich erst einmal mit Prostitution beschäftigt, ist der Weg zum Drogengeschäft nicht mehr weit. Es ist verlockend, die Liebesdamen auch noch zu zwingen, ihren Freiern Drogen anzubieten. Der Vertriebsweg ist schon vorhanden und der Gewinn kann mit einer solchen Entscheidung rasch potenziert werden.

Die damit verbundenen Risiken, die allein schon der Verteilungskampf mit den bisherigen Lieferanten mit sich bringt, werden aus reiner Geldgier durch die rosarote Brille betrachtet und schließlich verdrängt. So ging es auch den mallorquinischen Hells Angels. Der Beschluss, ins Drogengeschäft einzusteigen, fiel einstimmig.

Auch Muhammed Akyo war längst von der Geldgier erfasst.

Er konnte inzwischen schon gut von den Einnahmen aus den neuen Geschäften leben und musste nicht mehr sein vorhandenes Vermögen angreifen. Er wurde vielmehr von Tag zu Tag reicher und sah, völlig verklärt von dem Riesenerfolg, die Gefahren nicht. Er überlegte stattdessen mit den anderen, wie man die Geschäftsfelder noch ausweiten konnte.

Die neuen Geschäftsfelder wurden nicht einfacher, sie brachten eher höhere Gefahren mit sich. Auch wenn die Rockerbrüder längst Bodyguards beschäftigten, gewöhnten sie sich an, selbst Waffen für sich bereitzuhalten. Was lag näher, als sich auch noch mit Waffenhandel zu beschäftigen? Gedacht, getan. Über die vorhandenen Kontakte zum Festland war es ein Leichtes, diese Sparte auszubauen. Dort war man es gewohnt, aufgerüstet zu sein und kannte die Beschaffungswege. Mit Booten kamen in dunklen Nächten Waffen auf die Insel. Die Rocker wählten für die Tage der Einfuhr oftmals Feiertage. An denen waren Kontrollstationen erfahrungsgemäß nur schwach besetzt, und wenn man ihre Kontrollrouten kannte, waren die Kontrollen leicht zu umgehen. Mit den Waffen fühlte man sich sicherer und gewappnet für weitere Wagnisse.

Einige Adelige waren auf die Idee verfallen, mit ihrem »guten Namen« auf der Insel Geld zu verdienen, das sie dringend für ihren aufwendigen Lebensstil brauchten. Sie scheuten dabei nicht vor dubiosen Machenschaften zurück. Sie erinnerten sich an das gute alte Schneeballsystem, mit dem man willige Anleger um ihr Geld betrügen konnte. Der Grundstückskauf und -verkauf boomte, genauso wie der Bau neuer Anwesen. Verkäufe wurden als Gesamtpaket abgewickelt und die Käufer vermuteten den Verkaufspreis in Steuerparadiesen wie Dubai und Gibraltar. Die Saldenbestätigungen lieferten natürlich Scheinfirmen auf vertrauenswürdigen Bescheinigungen.

Das ergaunerte Geld wurde derweilen in Neubauprojekte angelegt, deren Wert von bestochenen Gutachtern überhöht ausgewiesen wurde. So wurden deren Käufer ebenfalls über den Tisch gezogen. Was der Adel nicht für seinen Lebensstandard brauchte, wurde in neue, dubiose Geschäfte gebunden. Der Schaden für gutgläubige Kunden wurde zunächst unbemerkt immer größer. Ein Prinz und seine Ehefrau hatten über neun Millionen Euro ergaunert, als die Chose aufflog. Ein Käufer wollte an sein vor der Steuer verstecktes Geld und sah, dass es gar nicht mehr vorhanden war.

Der Käufer einer Immobilie wollte sie beleihen und erfuhr erst dann, dass sein Kaufpreis maßlos überhöht gewesen war. Natürlich versuchten diese Geschädigten, ihr verlorenes Geld zurückzuholen.

Bald fanden sie in den Angels Verbündete. Die beschlossen, sich als »Inkassobüro« zu versuchen. Wenn die Drohgebärden von Muskelmännern nicht reichten, ging auch schon einmal eine Autobombe unter dem Luxuswagen der Betrüger hoch. Auch mit diesem Geschäft ließ sich Geld verdienen.

Doch insgesamt gesehen gerieten diese Auswüchse immer mehr in den Fokus der Gesetzeshüter. Die Stimmung auf der Insel veränderte sich zunehmend. Die Aufkäufe von Wohnungen und Häusern in der Altstadt von Palma schoben viele alte Leute an den Rand der Stadt oder gar ins Umland, wo sie schnell merkten, dass der vermeintlich hohe Verkaufspreis nicht mal reichte, um dort weiter sorgenfrei zu leben. Huren, die stattdessen in solchen Wohnungen untergebracht worden waren, wurden zum roten Tuch der dort verbliebenen Bewohner. Ihre Freier sorgten in angetrunkenem Zustand, manchmal sogar unter Drogen, für Unruhe im Viertel, für Schlägereien, Schmutz und Zerstörungen.

Bald wurden Journalisten mit lauter Stimme Mahner gegen diese Entwicklung. Auch die Rocker wurden an den Pranger gestellt. Ihre Aggressivität und ihre Arroganz wurden mit Worten wie »Titten, Tattoos und Testosteron« in den Headlines der Zeitungen beschimpft.

Auch die Kurzreisen auf den Ballermann, um sich Alkoholexzessen hinzugeben und Mädchen aufzureißen, standen plötzlich in der Kritik. Wenn man sie genauer betrachtete, brachten sie kein Geld auf die Insel, sondern kosteten nur. Brave Familienurlauber mit Kindern wurden abgeschreckt. Verwüstungen und Unrat belasteten die öffentlichen Kassen. Anständige Mallorquiner trauten sich in manche Gegenden gar nicht mehr hinein.

Andere schlimme Folgen wurden sichtbar: Die wunderschöne Natur war durch immer mehr Bauten zubetoniert worden, die über das Jahr gesehen nur kurzzeitig von ihren Eignern bewohnt wurden, die andererseits aber hinsichtlich des Wasserverbrauchs und sonstiger natürlicher Ressourcen im größten Umfang Schindluder trieben. Die Baugenehmigungen wurden an striktere Bedingungen gebunden und bereits erteilte revidiert, denn man vermutete zu Recht einen Sumpf von Bestechungen bei ihrer Vergabe. Mehrere Amtsträger in den Orten kamen vor Gericht. Die Inselregierung sah sich gezwungen, immer härter durchzugreifen:

Polizeistreifen an den Brennpunkten wurden verdoppelt. Sie hatten Erfolg und in Palmas Gefängnis wuchs die Zahl der Ausländer, die einsaßen.

Die »importierten« Prostituierten wurden rigoros ausgewiesen. Teilweise flog man sie auf Staatskosten in ihre Heimat zurück.

Ausgemachte Treffpunkte der Kriminellen wurden geschlossen. Dazu gehörten Bierhallen, Pizzerias und Diskotheken. Auch Bordelle wurden zugemacht.

Nicht immer erfolgten diese Maßnahmen stringent. Manchmal sorgten geheime Beziehungen für mildere Behandlung, aber in Gänze gesehen zeigten die Bemühungen, zu einer sauberen Insel zurückzukommen, durchaus Wirkung. Immer mehr Ausländer, die sich in diesem dunklen Umfeld getummelt hatten, kamen vor Gericht. Deutsche und spanische Anwälte hatten plötzlich ein neues Betätigungsfeld. In öffentlichen Auftritten verharmlosten sie die Tätigkeit ihrer Klienten und versprachen vollmundig deren baldigen Freispruch. Ihre Kunden bliesen ins selbe Horn:

»Ich habe mir nichts zuschulden kommen lassen und vertraue der spanischen Justiz«, war immer wieder zu hören. Besonders forsche Verhaftete nannten auf dem Weg ins Untersuchungsgefängnis ihren Zwangsurlaub frech eine Urlaubsverlängerung.

MALLORCA VERLIERT SEINE GASTFREUNDSCHAFT AUCH FÜR KRIMINELLE

Auch an Akyo ging diese harte Behandlung nicht vorbei. Es fing im Kleinen an: Der Besitzer des Hotels Son Baulo wollte ihn plötzlich loswerden. Die Zeit des Katzbuckelns war vorbei. Muhammed war zum lästigen Gast geworden. Dessen auffälligen Lebenswandel steckte man nun sogar der Polizei. Der Hotelbesitzer wollte auf der richtigen Seite stehen, wenn es ernst werden sollte.

Akyo bekam zu spüren, dass seine vermeintlichen Gewinne in den ganzen dubiosen Geschäften zu Scheingewinnen wurden. Die Wohnungen der Huren wurden enteignet. Die Frauen selbst wurden von der Insel weggebracht. Mit ihrem Abgang brach auch der Vertrieb des Drogengeschäfts zusammen. In all diese Bereiche hatte er großzügig investiert, und die Investitionen wurden mit einem Mal wertlos. Er quälte sich zunehmend mit dem Gedanken, die Insel zu verlassen, aber er sah nirgendwo einen sicheren Platz, an dem seine Flucht enden konnte. Er tauchte vorübergehend ab und hoffte naiv, das Reinemachen werde ihn übergehen.

Mit geschlossenen Augen rannte er dadurch in sein Unglück. Als die Geschäfte der Inselrocker zunehmend durchleuchtet wurden, kam auch sein Name ins Spiel. Betroffene Kumpanen verpfiffen ihn sogar, im Glauben, dadurch ihre eigene Schuld vermindern zu können. Sie stellten den Kodex der Brüderlichkeit hintenan, um ihre eigene Haut zu retten.

Plötzlich reichten die Untersuchungen der Ermittler auch bis Lloret de Vistalegre. Akyo wurde am Hotelpool verhaftet. Er war verzweifelt. Er hatte doch so gut vorgesorgt!

Sein Hotel lag günstig zum Flughafen, bestens geeignet für eine erfolgreiche Flucht. An verschiedensten Stellen standen erhebliche Geldpolster für ihn bereit. Aber auf seinem Weg ins Untersuchungsgefängnis wurde dies alles wertlos. Gott sei Dank hatte er genügend Vorsorge getroffen, vor Ort mit größeren Geldmitteln versorgt zu sein. Es würde ihm nicht schwerfallen, selbst für größere Rechtsberatungskosten aufzukommen. Doch das war nur ein kleiner Trost bei all seinen Sorgen.

Bald stellte sich heraus, dass das Verfahren gegen ihn kaum in Palma vor Gericht kommen würde. Er war in ein Gesamtverfahren mit vielen anderen Beschuldigten, speziell aus der Rockerszene, eingebunden. Seine inzwischen beschäftigte spanische Anwältin, der bald noch ein deutscher Anwalt zur Seite stehen sollte, erwartete wegen der übergeordneten Bedeutung der angeklagten Rechtsbeugungen einen Prozess vor dem Gerichtshof Audienca Nacional in der spanischen Hauptstadt Madrid. Die optimistischen Töne über dessen Verlauf waren deutlich leiser geworden.

Schon der Wechsel aus dem komfortablen Hotel in das Untersuchungsgefängnis ging Akyo stark an die Nieren. Es war wie ein Fall vom Regen in die Traufe. Die spanischen Gefängnisse hatten hinsichtlich der Qualität der Unterbringung zu Recht keinen guten Ruf. Aber immer größer wurden auch Akyos Befürchtungen darüber, was auf ihn zukommen könnte. Im Rahmen seiner Verhöre wurde er sogar mit Morden konfrontiert. Angeblich waren mehrere Prostituierte zu Tode gequält worden. Die Beamten gingen davon aus, dass die Investoren in diesem Geschäftsbereich, also auch Akyo, das gewusst hatten, zumindest billigend in Kauf genommen hatten. Das bedeutete Mord oder Totschlag bzw. wenigstens Beihilfe an einem von beiden.

Von fünf Drogentoten, die an unreinem Stoff starben, den die Prostituierten an sie verkauften, wurde noch gar nicht gesprochen. Diese Fälle waren noch nicht abschließend analysiert.

In einem Interview der Staatsanwaltschaft, das Akyo zu Ohren kam, sprach diese jetzt schon von einem Strafmaß über 13 Jahre für die einzelnen Beteiligten. Das machte ihm Angst, die ihm auch sein rechtlicher Beistand nicht nehmen konnte. Akyo verfiel in dumpfe Verzweiflung und grübelte ständig über seine Lage nach.

Seine Vernehmungen zogen sich immer länger hin. Er machte sich deshalb kundig, welche gesetzlichen Bestimmungen es für die Dauer einer Untersuchungshaft überhaupt gab. Er lernte, dass hier andere Vorschriften als in Deutschland Geltung hatten. Allerdings bestanden auch in Spanien bestimmte Grundsätze: So musste die Untersuchungshaft verhältnismäßig sein, und ein Richter musste dieses von Zeit zu Zeit überprüfen. Das war bisher für ihn erkennbar noch nie erfolgt. Er mahnte dies bei seiner Anwältin an und musste zur Kenntnis nehmen, dass seine zumutbare Untersuchungshaft bei der Vielfalt der Vorwürfe gegen ihn noch lange nicht überschritten sei.

Akyo bekam sogar den Rat, sich gutwillig zu zeigen und ruhig zu verhalten. Das würde sich auf seine Behandlung bestimmt positiv auswirken.

Die Antwort machte ihn nicht zufrieden, und er wollte wissen, welche

Möglichkeiten bestünden, nach Deutschland abgeschoben zu werden. Dort war wenigstens der Strafvollzug für die Sträflinge besser.

Aber auch dazu blieben die Antworten unbefriedigend: Er war ein EU-Bürger und wurde keinesfalls automatisch ausgewiesen. Eine Ausweisung konnte auch nicht allein auf eine Verurteilung gestützt werden.

Sie konnte allerdings schon stattfinden, wenn der Beschuldigte eine schwere Gefahr für die öffentliche Sicherheit und Ordnung darstellte. Das galt zum Beispiel bei Terrorismus, organisierter Kriminalität, Menschenhandel, Drogenhandel oder schwerer Gewaltkriminalität.

Einige dieser Delikte konnten nach Meinung seiner Anwältin durchaus auf ihn zu treffen. Aber dann war daneben noch eine Einzelfallprüfung notwendig. Die Behörden mussten dabei die Dauer des Aufenthalts, das Alter, den Gesundheitszustand, die familiäre und soziale Situation, die Integration und die Bindungen zum Herkunftsland berücksichtigen. Eine solche Überprüfung konnte zeitaufwendig ausfallen und war ergebnisoffen.

»Vor Gericht und auf hoher See ist man in Gottes Hand«,

dachte er verbittert. Er hörte auf zu grübeln, als seine Anwältin im klarmachte, dass in Deutschland nach der Auslieferung Delikte sofort gerichtsanhängig würden, deren er sich dort schuldig gemacht hatte. In seinem Heimatland galt das Tatortprinzip. Das hieß, diese Vorwürfe wurden nur in Deutschland abgeurteilt. In Spanien blieben sie indessen unberücksichtigt.

Das sah Akyo schnell ein, denn schließlich war er ja deshalb vor der Bestrafung nach Spanien geflohen. Er würde sich also, wenn die Anschuldigungen in Spanien es zuließen, eher auf den Grundsatz der Freizügigkeit berufen und eine Auslieferung ablehnen müssen.

Akyo war verzweifelt darüber, wie hilflos er dastand. Er hatte das Heft nicht mehr selbst in der Hand, und er fühlte, dass er auf einen schlimmen Meilenstein in seinem Leben zusteuerte, an dem es keine Return-Taste gab.

Dass andere sein Schicksal in der Hand hatten, bewies sich schon in naher Zukunft. Die ersten seiner Mitverdächtigen hatten unter der eindeutigen Beweislage gestanden und dabei noch einen Deal erreichen können. Man versprach ihnen Zugeständnisse im Strafmaß. Diesen Zeitpunkt hatte Akyo verpasst.

Nicht die Verhöre und die Aussagen von Mitangeklagten allein lieferten die Beweise gegen ihn, sondern aufgedeckte Finanzströme. Die hatten schon Al Capone in den USA, ein ganz anderes Kaliber als er, zur Strecke gebracht. Der wurde auch durch Steuerdelikte und Geldwäsche überführt.

Bei der Durchsicht von Akyos Kontenbewegungen waren die Fahnder fündig geworden. Das galt für die Einnahmenseite genauso wie für die Ausgabenseite. Investitionen touristische Attraktionen, Investitionen Sicherheit, Investitionen Gastronomie fanden sich bei ihm, wie bei anderen Betroffenen, die gestanden hatten, als Bezeichnung auf den Buchungsbelegen. In gleicher Weise waren die Rückflüsse als Erträge aus diesen Bereichen gekennzeichnet.

Am einfachsten war es für die Beamten, den Bereich Investitionen Gastronomie näher zu durchleuchten. Die Befragungen offenbarten den Ankauf von Restaurants, Bars und Discos, die inzwischen einen unseriösen Namen hatten, und zwar wegen mutmaßlicher Verbindungen zur Drogenszene und auch zur Prostitution. Einige der Häuser waren mittlerweile sogar schon behördlich geschlossen worden. Die hohen Rückflüsse aus diesen Investitionen bis zur Schließung entsprachen allerdings keiner normalen Rendite.

Dass hier kriminelle Geschäfte die Grundlage waren, lag auf der Hand, war aber von Akyos Anwältin bestritten worden. Ihr Mandant hatte angeblich keine Kenntnis davon.

Ein findiger Fahnder fand auch für die anderen Bereiche kriminelle Geschäftsgrundlagen. Das gelang erst nach zäher Recherche. So verlief die Investition in Sicherheit mit dem seinerzeit eingetretenen Anstieg des Waffenschmuggels nach Palma parallel. Dazu lagen mittlerweile auch Aussagen von Investoren vor, welche die Einlassungen von Akyos Anwältin konterkarierten, ihr Mandant habe vom Waffenschmuggel genauso wie vom illegalen Verkauf der Waffen nichts gewusst.

Die Mittelverwendung für touristische Attraktionen ging in ähnlicher Art mit dem Baubeginn eines Bordells einher. Es bestand kein Zweifel, dass diese Investition gekoppelt war mit der Beschaffung von Prostituierten vom Festland. Die war wiederum für die bekannten Auswüchse zuständig.

Die geschickteren Verdächtigen hatten auf Anraten ihrer Anwälte nur gestanden, dass sie in diesen Bereichen investiert hatten. Sie bestanden allerdings darauf, dass dies nach den erhaltenen Versprechungen und Informationen völlig legale Geschäfte gewesen seien.

An kriminellen Entscheidungen hätten sie nicht mitgewirkt.

Natürlich gilt auch in Spanien der Satz: Unwissenheit schützt vor Strafe nicht. Aber dadurch, dass die Beamten den Tatbestand der Unwissenheit übernahmen, war wenigstens das Strafmaß von 13 Jahren vom Tisch. Akyo gehörte durch das ungeschickte Agieren seiner Anwältin nicht zu den Glücklichen.

Für die blieb es bei einem Sammelprozess vor dem Gerichtshof Audienca Nacional. Für den wurden nur 15 Verhandlungstage angesetzt. Diese kurze Zeit war ein Indiz dafür, dass das zugesagte milde Strafmaß wirklich eintreten würde. Das Verfahren endete für alle mit erheblichen Geldstrafen. Keiner der Herren musste nach der unbequemen Untersuchungshaft weiter gesiebte Luft einatmen.

Ihr Vergehen beruhte nach ihren Worten auf Unwissenheit und Naivität. Es wurde zum Kavaliersdelikt kleingeredet.

Die weißen Westen waren bald wiederhergestellt.

Bei Akyo wurden auch die sonstigen Geldflüsse entdeckt und überprüft. Dabei wurde festgestellt, dass er unter falschem Namen in Madrid bei Santander ein Konto mit erheblichem Geldbestand unterhielt. Die falschen Papiere fand man in seinem Hotel-Safe.

Akyo verschwieg zunächst beharrlich, woher dieses Vermögen stammte, aber mit der Kontenführung unter falschem Namen war ihm schon eine ernst zu nehmende Straftat nachgewiesen.

Alle Abgänge von diesem Konto fanden sich auf Akyos Konto in Lloret de Vistalegre wieder. Abgänge und Zugänge dort deckten sich vom Zeitpunkt her mit denen der inzwischen verurteilten anderen Investoren. Damit war auch die Beweiskette gegen Akyo plausibel geschlossen. Seine Anwältin suchte nun krampfhaft nach einem Vorschlag für einen strafmindernden Deal. Bald deutete sie unter gewissen Umständen ein vollständiges Geständnis ihres Mandanten an.

Diese Entwicklung blieb den Tätern nicht verborgen, die sich ebenfalls nicht in den Sammelprozess gerettet hatten. Denn sie waren auf der Insel untereinander gut vernetzt.

Der Deutschtürke war ihnen mit seinem stattlichen Vermögen ein gern gesehener Mitinvestor gewesen, aber so ganz traute man ihm nicht. Würde er sie womöglich mit in den Dreck ziehen, um sich selbst zu entlasten?

Über die dunklen Kanäle, über die sie die bisherigen Straftaten ausführen ließen, beschloss man wiederum, Vorsorge zu treffen. Muhammed Akyo war noch müde, als ihn ein Wärter aus seiner Zelle orderte. Mit Waschzeug und Handtuch trottete er Richtung Nasszellen. Ihm stand eine morgendliche Dusche zu. Er hoffte, dass das Wasser diesen Morgen warm wurde. Manchmal wurden die Häftlinge mit fast kaltem Wasser drangsaliert, wie sie glaubten. In Wirklichkeit war die technische Installation überaltert und kein Geld da für eine Reparatur. Muhammed ging durch bis zur letzten Duschzelle. Er war um diese Zeit noch sehr maulfaul und wollte für sich sein. Ganz vorsichtig drehte er den Wasserhahn auf. Zufrieden verspürte er, dass es warm über seine ausgestreckte rechte Hand lief. Er stellte sich nun ganz unter die Brause und beugte sich gegen die Wand, damit das Wasser besser über seinen Rücken laufen konnte. Er genoss dieses Gefühl. Halb im Traum wurde er zur Seite gerissen und ein stechender Schmerz fuhr durch seine Brust. Er verspürte drei Stiche. Danach wurde es schwarz vor seinen Augen.

Sein Mörder verließ die Kabine so schnell, wie er sie betreten hatte. Niemand hatte ihn gesehen oder wollte ihn gesehen haben.

Von der Tür erklang ein lauter Befehl: »Herauszutreten!« Die Häftlinge taten es widerwillig. Der Wärter ließ durchzählen. Ein Mann fehlte. Er gab dem letzten Mann in der Reihe den Befehl, im Duschraum nachzusehen. Der Kerl fand den Toten und berichtete.

Alle Befragungen und Untersuchungen verliefen im Sand. Der Mörder wurde nicht gefunden. Bald ging man in der Anstalt wieder zur Tagesordnung über. Und draußen war die Unruhe um einen Verräter rasch vergessen. Die ungebrochene Stärke der Kriminellen war nochmals kurz aufgeblitzt.

EIN MISSLUNGENER SPAGAT ZWISCHEN ZWEI LAGERN

Helmut Stange hatte sich nur bedingt wieder mit seiner Arbeit als verdeckter Ermittler abgefunden. Das Schicksal von Erkan Cedric ging ihm sehr nahe. Er warf sich immer wieder vor, dass er mehr für ihn hätte tun können.

Die anfängliche Vertrautheit mit Jörn Möller war Vergangenheit. Das bedauerte er, denn er hatte ein solches Gefühl bisher nie so deutlich erlebt. Sie wohnten nun zwar in einem Haus, aber gemeinsame Unternehmungen erfolgten nicht mehr. Wenn sie sich sahen, dann eher mit anderen Brüdern zusammen im Clubhaus.

Die aufgetretenen Meinungsverschiedenheiten um Kalle Torf und noch mehr um Erkan waren zwischen ihnen nie ausgeräumt worden. Bei Jörn Möller war instinktiv eine gehörige Portion Misstrauen geblieben, welche Rolle Helmut Stange dabei gespielt hatte.

Da Stange auch keinen Wunsch verspürte, mit seinen Kollegen Kontakt zu pflegen, verfiel er wieder ganz in die Rolle des einsamen Wolfs zurück, die auch eher zu seinem Berufsbild passte.

In dieser Einsamkeit verspürte er nicht einmal Angst, irgendwie in die Mühle zwischen Polizei und Rockern zu geraten. Seinen Auftrag, deren Szene in Hamburg im Auge zu haben, verfolgte er zwar, aber völlig leidenschaftslos. Da nichts Größeres passierte, ließ seine gebotene Vorsicht, nicht enttarnt zu werden, nach.

Auch bei seinem letzten Report an die Soko hatten die Herren das Treffen aus Zeitgründen wieder gegen alle Regeln ins Polizeipräsidium verlegt. Dieser fahrlässige Umstand sollte Helmuts Schicksal besiegeln.

Er stand mit einigen Kollegen im Flur des Präsidiums zusammen und diskutierte über akute Ereignisse. Da wurde Karsten Hellwig von einem Beamten in Handschellen vorbeigeführt. Karsten Hellwig war ein Rocker der Mongols, der Stange als Angel kannte und schon einmal mit ihm zusammengeraten war. Er sah deshalb in ihm einen Feind.

Hellwig erkannte ihn, aber Stange ihn nicht. In dem Mongol wuchs aufgrund Stanges freundschaftlichem Umgang mit den Beamten augenblicklich der Verdacht, der würde mit der Polizei zusammenarbeiten.

Hellwig hatte drei gewichtige Gründe, diese Einschätzung sofort seinem Boss zu melden: Stange hatte ihn einmal gehörig beleidigt, sollte Stange kein Verräter sein, würden seine Kumpanen eben gegen einen Angel vorgehen, was bei ihrem Kriegszustand ebenfalls okay war, sollte der Angel ein Verräter sein, so bescherte ihm seine Meldung eine noch größere Reputation. Er meldete den Vorfall bei nächster Gelegenheit. Man war sich unter seinen Brüdern schnell einig, Stange müsse verschwinden.

Da man Hellwig nichts nachweisen konnte, war er schon zwei Tage später wieder auf freiem Fuß und übernahm die Ermordung von Stange mit Freude.

Der Angel wohnte in einem Reihenhaus in Fuhlsbüttel. Im selben Haus wohnte ein Rockerbruder von ihm. Stanges Umgang mit ihm war allerdings nicht stark ausgeprägt. Sie trafen sich zumindest in ihrem häuslichen Umfeld kaum.

Für seine geplante Tat brauchte Hellwig einen einsamen, sicheren Ort. Er hatte schon eine erste Idee: An Fuhlsbüttel schlängelte sich die Alster vorbei, und zwar neben dem Alsterwanderweg. Einsam war subjektiv und erfahrungsgemäß von vielen Faktoren abhängig, zum Beispiel von der Tageszeit, dem Wetter und dem jeweiligen Tag selbst. Es handelte sich schließlich um ein Naherholungsgebiet, und das wurde eher an Sonn- und Feiertagen und weniger an Werktagen frequentiert. Natürlich musste er sportliche Aktivitäten vor und nach der Arbeit berücksichtigen, aber die erfolgten zu bestimmten Zeiten. Es schien ihm eine gute Idee, die Gegend mit ihren Eigenarten noch näher zu erkunden.

Er verwand darauf mehrere Tage. Dann hatte er eine Stelle gefunden, an der er glaubte, eine Leiche gut entsorgen zu können. Der Platz war schwer zugänglich und würde besonders in Abendstunden kaum angelaufen werden.

Ein friedvoller Ort für die ewige Ruhe, dachte er und grinste still vor sich hin. Dann schloss er die Augen und hörte dem Gezwitscher der Vögel zu.

Der Ort hatte die nötige Entfernung zum nächsten Wohngebiet und konnte selbst von einem hohen Fenster nicht eingesehen werden. In der Gegend galt das Gebot, Hunde an der Leine zu halten. Hellwig wusste zwar, dass dieses Gebot oftmals nicht eingehalten wurde, doch es verminderte die Gefahr allzu vieler herumschnüffelnder Hunde.

In seinem Kopf konkretisierte sich nach und nach ein vollständiger Plan für die Tat: Hellwig wollte Stange in dessen Außengarage erwarten, in der dieser abends sein Motorrad abstellte.

In diesen Tagen wurde es schon relativ früh dunkel, sodass sein Eindringen in die Garage vom Haus aus nicht zu sehen war. In der Garage sollte sein Opfer sterben. Von dort ging es dann an die ausgewählte Stelle an der Alster zur endgültigen Entsorgung. Er hatte vor, dort den Angel bis zur Unkenntlichkeit zu verbrennen.

Die notwendige Ausrüstung wollte er in verschiedenen Geschäften kaufen, um damit keine geschlossene Spur zu hinterlassen. Ein Gartencenter wählte er, für den Kauf eines großen Jutesacks, in den die Leiche für den Zwischentransport hineinpasste und der danach gut verbrannte. In einem Baumarkt kaufte er einen mittelgroßen Plastiktank voll Ethanol, eine Dose langer Streichhölzer und für das Öffnen des Garagentors einen Dietrich. Arbeitshandschuhe brauchte er nicht, er besaß sie schon, genau wie eine Gesichtsmaske. Beide sollte Spuren verhindern, Fingerabdrücke und Speicheltröpfchen.

Doch je öfter er den Plan durchdachte, umso mehr Zweifel kamen ihm, ob er der Richtige war. Schon das Warten auf das Opfer in der Garage barg Risiken. Würde Stange ihn zu früh bemerken, könnte es laut werden, und das war in der Nähe des Hauses nicht gut. Noch größere Bedenken kamen ihm wegen des langen Wegs bis zum Ablageort. Auf einem langen Weg war die Gefahr, entdeckt zu werden, umso größer. Außerdem konnte man auf ihm mehr Spuren hinterlassen. Er kam zu dem Schluss, über eine sicherere Alternative nachzudenken. Am günstigsten erschien ihm, den Mord direkt in der Garage zu verüben. Es galt, Stange bei der Ankunft ruhigzustellen und dann in der Garage zu töten.

Im Internet fand er eine saubere, wirkungsvolle Tötungsart, für die er sich letztlich entschied, nachdem er eine Spritze mit Luft in die Vene sowie eine Überdosis Rauschgift noch verworfen hatte: Man nannte seinen Favoriten: Ersticken nach der Burke-Methode. William Burke war ein britischer Serienmörder, der diese Methode des Erstickens im 19. Jahrhundert erstmals angewandt hatte.

Seine Opfer starben nicht an Sauerstoffmangel, sondern weil ihnen die Atmung physisch unmöglich wurde. Er kniete sich auf die Brust des jeweiligen Opfers und hielt ihm mit seinen Händen Nase und Mund zu, bis es nach einigen Minuten erstickt war. Die Tötungsmethode ließ keine äußeren Verletzungen erkennen, was für Burke äußerst wichtig war, denn er war ein Leichenräuber, der seine Toten an die anatomische Abteilung in Krankenhäusern im schottischen Edinburgh verkaufte. Diese unblutige Form der Tötung kam nun auch Hellwig zupass.

Nachdem er sich festgelegt hatte, wollte er die Tat auch nicht länger hinzögern. Schon der nächste Abend schien ihm gerade recht. Als Hilfsmittel hatte er die Arbeitshandschuhe, die Maske und den Dietrich bereit liegen.

Es wurde ein ganz normaler Abend, es war nicht windig, nicht allzu kalt und schnell dunkel. Ein leichter Nieselregen legte noch einen dünnen Vorhang vor unerwünschte Blicke. Hellwig hatte sich hinter einem Busch neben der Garage auf die Lauer gelegt. Helmut Stange kam im gewohnten Zeitfenster an. Er stellte sein Motorrad vor dem Garagentor ab, holte den Schlüssel aus seiner Jackentasche und bückte sich leicht zum Türschloss hin. Das war der Moment, den Hellwig für seinen Zugriff vorgesehen hatte. Er war lautlos von hinten an sein Opfer herangetreten und schlug nun mit einem harten Holzknüppel gegen seinen Hinterkopf.

Der Schlag zeitigte eine doppelte Wirkung, denn Stanges Stirn schlug unter dessen Wucht gegen das Garagentor. Der Angel sackte bewusstlos in sich zusammen. Hellwig nahm ihm den Schlüssel aus der Hand, öffnete das Tor und zog den Ohnmächtigen an den Schultern in die Garage. Danach schloss er von innen sofort wieder das Tor. Mit der kleinen Lampe seines Mobiltelefons sorgte er für die nötige Beleuchtung am Tatort. Ohne Eile, aber zügig, legte er los.

Helmut Stange lag auf dem Rücken, als schliefe er, wenn sich um seinen Kopf keine Blutlache gebildet hätte. Hellwig kniete sich auf dessen Brustkorb und schloss mit seinen behandschuhten Händen kraftvoll Nase und Mund. Der Druck fiel ihm leicht, denn er konnte das Gewicht seines ganzen Oberkörpers hineinlegen. Er zählte tonlos fünfmal langsam bis 60. Nach den so gemessenen fünf Minuten prüfte er, ob Stange wirklich tot war. Kein Atemzeichen, kein Puls, kein Herzschlag, er hatte alles richtig gemacht.

Der Mongol verließ die Garage ungesehen, so, wie er gekommen war. Sein Motorrad wartete etwa 100 Meter weiter auf einem Supermarkt-Parkplatz auf ihn.

Es dauerte drei Tage, bis die Leiche gefunden wurde. Jörn Möller hatte mehrfach versucht seinen Rocker-Bruder zu kontaktieren, um sich mit ihm für ein Treffen im Clubhaus zu verabreden. Er traf ihn nie an, und selbst ein Anruf bei Stange blieb erfolglos. Er klingelte noch einmal an Stanges Wohnungstür, dann beschloss er, auch noch in der Garage nachzusehen, ob sein Motorrad darin stand.

Stange hatte ihm für den Notfall einen Ersatzschlüssel überlassen. Es war ihm also möglich, die Tür zu öffnen.

Er brauchte den Schlüssel allerdings gar nicht, das Garagentor stand auf Kipp. Er konnte es einfach aufschieben. Was er sah, entsetzte ihn. Helmut lag in einer

Blutlache, sichtlich tot, denn ein widerlicher Leichengeruch füllte den Garagenraum. Der Tod musste vor längerer Zeit eingetreten sein.

Jörn Möller sah keine andere Möglichkeit, als sofort die Polizei herbeizurufen. Er schilderte seinen Fund, man bat ihn zu warten. Die Beamten machten sich sofort auf den Weg. »Rühren Sie bitte nichts an«, waren die letzten Worte, die er hörte, bevor aufgelegt wurde.

Selbst als alle Ergebnisse der Spurensicherung vorlagen, gab es keine verwertbaren Spuren. Es war zwischen Opfer und Täter auch zu keinem Kampf gekommen, der Täter-DNA am Opfer mit sich gebracht hätte. Die Befragung aller Bewohner im Haus verlief ebenfalls negativ.

Ein Aufruf über die Medien an alle, die möglicherweise zum Tatzeitpunkt an der Garage vorbeigegangen oder gefahren sein konnten und etwas bemerkt hatten, blieb ebenfalls ergebnislos.

Der Mord hatte das Potenzial, zum Cold-Case zu werden.

Hellwig jedenfalls kennzeichnete den Tag, an dem sich dies abzeichnete, in seinem Tagebuch als Heldentag. Nur solche Tage trug er dort überhaupt ein.

Errare humanum est?

EIN HOFFNUNGSSCHIMMER AUF EIN BESSERES LEBEN

Mit diesem Mord war für Jörn Möller unwiderruflich entschieden, dass er so bald wie möglich in der Hansestadt seine Zelte abbrechen würde. Seinen Plan, zurück nach Köln zu fahren und möglichst Siggi zu treffen, wollte er nun umsetzen. Es würde nicht viel Zeit in Anspruch nehmen, bis er bedenkenlos abreisen konnte. Seine günstige Wohnung würde mit Rechten und Pflichten an einen Rockerbruder weitergegeben. Um keinen Ärger zu bekommen, wollte er sich beim Einwohnermeldeamt abmelden. Er erwartete auch keine Probleme dabei, kurzfristig seinen Job im Bordell zu beenden. Sein Konto bei der Hamburger Sparkasse galt es aufzulösen. Ein Abschiedsabend auf dem Clubhaus würde dann das Letzte sein, das ihn in Hamburg hielt.

Die Fahrt wurde immer länger. Es gab die üblichen Staus, an denen es gefährlich und verboten war, rechts vorbeizufahren. Wenn es allzu schlimm wurde, tat er das trotzdem. So kam sein Ziel immer näher.

Als Möller über die Rheinbrücke röhrte, zog er eine Brise Luft in sich ein und lachte laut auf. Siggi hatte immer gesagt:

»Dat es echtes kölsches Wasser«, wenn er vom Rhein sprach. Jörn war in seinem zweiten Zuhause angekommen und musste nur noch seinen Freund und ehemaligen Präsidenten suchen.

Bald hatte er in Erfahrung gebracht, dass die Hells Angels einen neuen Club gegründet hatten, und zwar unter dem Namen Angels Honorfield. Ein neues Clubhaus schien es allerdings nicht zu geben. Möller erfuhr nur einige Kontaktadressen, wo sich die Rocker immer aufhielten.

Dort war auch Siggi Möller manchmal zu sehen. Am Ankunftstag gelang es ihm zu seinem Bedauern nicht, Siggi zu treffen.

Erschöpft von der Fahrt suchte er sich eine günstige Unterkunft in der Innenstadt und trank mit Lustgefühl seine ersten Kölsch.

In der Nacht lag er im Bett und konnte nicht einschlafen.

Sein Gehirn hörte nicht auf, Zwiesprache zu halten. Am nächsten Morgen fühlte er sich wie gerädert.

Ein Zwiegespräch, welches er am Frühstückstisch hörte, verbesserte seine Laune:

»Isch hät jähn ne Kaffee.«

»Wat darf et denn sein: Caffè Solo, Caffè Crema, Caffè Latte oder Cappuccino?«

»Nur ne Kaffee, isch möch keine Sprachkurs.«

Schon bald machte er sich wieder auf die Suche nach Siggi.

Schließlich fand er seinen väterlichen Freund im Volksgarten am Kahnweiher im Biergarten. Siggi schaute dort in die Wolken, als wünschte er sich hinter ihnen die Sonne hervor. Jörn Möller blieb länger an der Tür stehen und betrachtete ihn. Siggi hatte sich nicht verändert. Plötzlich wurde er unruhig. Es war, als spürte er die Blicke, die auf ihn gerichtet waren. Er sah sich um, sein Blick traf Jörn und seine Augen strahlten aus den schmalen Augenschlitzen hervor.

Seine großporige Haut über den Wangen hob sich unter einem großen Grinsen. Dann öffnete er seinen Mund und sagte in breitem Kölsch:

»Häs de Heimweh, Jung?«

Jörn Möller strahlte zurück und ließ keinen Zweifel an seinen Gefühlen: »Das kann man so nennen, aber eigentlich mehr nach dir.«

»Dann loss m'r fiere«, kam fröhlich zurück.

Siggi rollte die Augen und summte die Melodie vom Höhner-Lied: »Kumm loss mer fiere«!

»Ich will den Text hören, richtig auf Kölsch«, ließ Jörn heraus und hielt seine Hand hinter das Ohr, als warte er auf die ersten Töne. Siggi ließ ihn nicht lange warten:

»Kumm loss mer fiere, net lamentiere
Jet Spass un Freud dat hät noch keinem Minsch jeschad
Denn die Trone die do laachs muss de net kriesche
Loss mer fiere, ob Kölsche Aat
Unser Zick, die es hadd jenoch
Kei Minsch weed dodrus klooch, wat he öm uns eröm passeet
Wat mer su in d'r Zeidung lies, mäht et Levve nit jrad söss
Wä weiß schon, wie et morje wiggerjeiht?
An dä Sorje schunkele mer schon nit vörbei
Denn alles hät sing Zick un nix es einerlei, hey!«

Auf Hochdeutsch:

»Komm lass uns feiern, nicht lamentieren.
Etwas Spaß und Freude hat noch niemandem geschadet.
Denn die Tränen, die du lachst, musst du nicht weinen.
Lass uns feiern auf kölsche Art.
Die Zeit ist hart genug.
Kein Mensch wird klug daraus, was um ihn herum passiert.
Was man in der Zeitung liest, macht das Leben nicht gerade süß.
Wer weiß schon, wie es morgen weitergeht?
An den Sorgen schunkeln wir schon nicht vorbei.
Alles hat seine Zeit und nichts ist einerlei, hey!«

Siggi ging auf ihn zu und drückte ihn an sich.
Er fühlte mit Freude, dass Jörn darauf einging und sagte:
»Jedeilte Freud heiß dubbelt Freud.
(Geteilte Freude ist doppelte Freude.)
Un dat deit richtich jot.«
(Und das tut richtig gut)

Bald saßen sie zusammen und sprachen über Gott und die Welt. Bald wussten sie beide: Weder in Köln noch in Hamburg war die Welt ganz in Ordnung. Et Levve wor nit jrad söss! (Das Leben war gerade nicht süß!)
Aber sie beschlossen, das Beste daraus zu machen.
Für jedes weitere Kölsch hatten sie einen Trinkspruch wie:
»Jeder Drecksau wünsche ich einen radioaktiven Hula-Hoop-Reifen um den Bauch!«
Dabei brachen sie in schallendes Gelächter aus. Bald wurden sie von allen Seiten angestarrt.
Das ließ sie leiser werden. Sie schmiedeten Zukunftspläne.
Das Motorrad stand dabei für sie im Mittelpunkt.
Nichts war für sie eine Frage der Ehre. Sie brauchten keinen Bandenkrieg, keine kriminellen Heldentaten, keine Sprünge aus dem Flugzeug als Mutprobe. Ein bisschen Angst gehörte zwar immer zum Leben, aber solche Art Angst wollten sie nicht suchen, schworen sie sich.
Wir bleiben Old School, waren sie sich einig.
Von alter Schule zu sein war das beste Motto, zu leben und zu überleben.

LITERATURVERZEICHNIS

Ata, Mehmet & Meyer, Oliver: Migranten-Rocker greifen nach der Macht, Express, Köln, 20.5. 2014 (digital)

Auch für erfahrene Ermittler etwas ganz Neues: Polizei beschlagnahmt »literweise« Kokain, inFranken.de, 10.2.2023

Bandido-Rocker wechselte zu den Hells Angels, Bild-Zeitung, 29.11.2012 (digital)

Bolsinger, Matthias: Die Hells Angels waren sein Leben. Dann sah er, wie sie töten, Stern, 12.2.2023 (digital)

Burkhardt, Peter: Sex, Drogen, Schüsse, Süddeutsche Zeitung, 30.8.2018 (digital)

Der Rockerkrieg ist zurück, Der Tagesspiegel, 25.2.2013 (digital)

Der Spiegel/Köln: Razzia gegen Sportwetten-Anbieter »Tipster«, spieler-info.at, 21.4.2023

Die Hierarchie der Rocker-Clubs, BZ die Stimme Berlins, 2.6.2012 (digital)

Dumke, Holger: Krefelder Hells Angels feiern Rocker-Überläufer von Bandidos, WAZ, 2.12. 2012 (digital)

Einbetonierter Kopf in NRW – Verdächtiger verhöhnt Ermittler auf Instagram – Spur führt in die Rocker-Szene, Express, 3.9.2021 (digital)

Ein Tag im Leben der deutschen Hells Angels, YouTube

Entführung und Vergewaltigung: Haftstrafen für Ex-Rocker, Oberhessische Presse, 23.8.2021 (dpa Webline)

Entführung und Vergewaltigung: Haftstrafen für Ex-Rocker, Zeit online, 23.8.2021

FBI liest mit: Rocker sollen mit Hightech tonnenweise Drogen verkauft haben – hohe Haftstrafen drohen, inFranken.de

Feltes, Thomas & Reiners, Paul: Polizeiliche Maßnahmen gegen Hells Angels und andere »Outlaw Motorcycle Gangs« (OMCG) – Inszenierte Repression am Rande der Legalität? (digital)

Fischhaber, Anna & Klasen, Oliver: Das verbirgt sich hinter der türkischen Gang, Süddeutsche Zeitung, 10.7.2018 (digital)

35-Jähriger in Köln erschossen: Mord im Rockermilieu?, Der Stern, 29.5.2023 (digital)

Hells-Angels-Boss Ramin Y. – Achtung Fahndung, YouTube

Hells-Angels-Boss Ramin Y. – der »Zerstückler« und seine Helfer, YouTube

Hells-Angels-Rocker soll Prostituierte brutal vergewaltigt haben, Der Stern, 14.7.2015 (digital)

Hells-Angels-Rocker wegen Vergewaltigung vor Gericht, 14.6.2018, Deutsche Presseagentur dpa (digital)

Herbst, Christopher: Vom Hells Angel zum Kronzeugen: Ein Norderstedter packt aus, Hamburger Abendblatt, 18.7.2022 (digital)

Kadir Padir: Hells-Angels-Chef regiert aus dem Knast, Vaybee! © 2023 (digital)

Krause, Katy: Razzia bei den Hells Angels – Polizei stürmt Clubhaus, Hamburger Abendblatt, 26.4.2023 (digital)

Kröning, Ole & Klug, Michael: Berliner Wettbüro-Mord – Hells Angels schicken 20 Anwälte ins Gericht, BZ die Stimme Berlins, 18.1.2022 (digital)

Krücken, Markus: Köln-Mülheim: Ex-Rocker (†35) auf offener Straße erschossen!, report-K.de Internet Zeitung Köln, 28.5.2023

Kuriose Erklärung für Rocker-Schaulaufen auf dem Kiez, Hamburger Abendblatt, 15.11.2015 (digital)

Lagebild zu Rockerclubs in Deutschland, Rocker Blog – Rocker News – Biker News, 1.3.2015 (digital)

Lange Haftstrafen für versuchten Mord auf St. Pauli, Süddeutsche Zeitung, 3.6.2019 (digital)

Lenze, Dominik: Urteile im Potsdamer Rockerprozess gefallen, Tagesspiegel PNN, 17.10.2020 (digital)

Mayer, Verena: Acht Schüsse im Hinterzimmer, Süddeutsche Zeitung, 1.10.2019 (digital)

Mayer, Verena: Kein Strafrabatt für Rocker, der seinen Chef verriet, Süddeutsche Zeitung, 10.8.2022 (digital)

Mehrfache Vergewaltigung: Überraschendes Urteil gegen Hells Angel, dpa, 16.10.2015 (digital)
    Mord-Verabredung via Teletext, Süddeutsche Zeitung, 1.3.2019 (digital)

Müller, Christian & Schneider, Franz: Deutschlands Rockerreviere, Bild, 8.12.2016 (digital)

Neue Party-Droge greift in Köln um sich – Konsumenten berichten, Kölner Stadtanzeiger, 7.9.2023

Neun Jahre nach Mord in Berliner Wettbüro: Bundesgerichtshof bestätigt lebenslange Haft für Rocker, Tagesspiegel, 10.1.2023 (digital)

Ottenstein: Cannabisplantage entdeckt – 400.000 kWh Stromverbrauch im Jahr, LokalKlick, Onlinezeitung Rhein-Ruhr, 25.3.2022

Razzia gegen Rockergruppe »Osmanen Germania«, Süddeutsche Zeitung, 13.3.2018 (digital)

Rocker festgenommen, lokalkompass.de, 15.11.2013.

Rockerkriminalität, Bundeskriminalamt (digital)

Rocker-Mord: Verdächtiger verhöhnt Ermittler über Instagram – Kopf einbetoniert, Ruhr Nachrichten, 3.9.2021 (digital)

Rockerprozess: Ist da einer durchgeknallt?, BZ die Stimme Berlins, 19.2.2015 (digital)

Rocker soll 20-Jährige vergewaltigt haben, ntv, 14.7.2015 (digital)

Rømer, Marie: Muss ich Gewinne aus Sportwetten versteuern?, 28.7.2021 (digital)

Santa-Fu-Häftling flüchtete bei begleitetem Ausgang, Hamburger Abendblatt, 24.2.2020

Scheiwe, Hannah: Deutschlands Rockerhochburgen – Wo es immer wieder zu Straftaten kommt, RedaktionsNetzwerk Deutschland, 5.3.2023 (digital)

Schleuste Tipster 700 Millionen Euro am Fiskus vorbei?, ntv

Schnell, Lisa: Verfassungsschutz hat türkische Rocker im Visier, Süddeutsche Zeitung, 10.4.2017 (digital)

Schüsse auf offener Straße in Köln: Opfer (†35) mit Kopfschuss getötet – Angst um Zeugin, Express, 20.6.2023 (digital)

Siebert, Philipp: Wettbüromord in Berlin: BGH verschärft Urteile gegen Rocker, Berliner Morgenpost, 7.2.2022 (digital)

Spilcker, Axel: Krieg der Rocker, Focus online, 17.9.2012

Spilcker, Axel: So entdeckten Ermittler den Millionenbetrug des Kölner Wettanbieters, Kölner Stadtanzeiger, 4.9.2023

Stickelmann, Elena: Gar nicht zum Lachen, Kölner Stadtanzeiger, 15.9.2023

Tatverdächtige nach Schüssen auf Rockerboss festgenommen, Süddeutsche Zeitung, 4.9.2018 (digital)

van der Kraats, Marion & Rabenstein, Andreas: Kugelhagelmord im Wettbüro: Dieser Ex-Rocker verpfiff alle! Warum er sich jetzt lammfromm in Berlin zeigte, Berliner Kurier, 17.7.2022 (digital)

von Hoyer, Lukas: Welche Rockerclubs sind in Deutschland verboten?, 14.9.2022 (digital)

Wikipedia, Hells Angels Deutschland

Wikipedia, Liste von Rocker-Begriffen

Wikipedia, Sisyphos

Wikipedia, Turkos MC

Wikipedia, William Burke, britischer Serienmörder

Zwei Festnahmen bei Razzia gegen Hells Angels in mehreren NRW-Städten, MW-Nachrichten, 2.9.2021 (digital)

NAMENSVERZEICHNIS

Akyo, Muhammed, Hells Angels Hamburg (fiktiv)

Bertrams, Hein, Mongols Hamburg (fiktiv)

Bömmel, Markus, Kriminalhauptkommissar, Leiter der Soko »Rocker« in Hamburg (fiktiv)

Burke, William, britischer Serienmörder

Celik, Erkan, Security-Chef, Hells Angels Hamburg (fiktiv)

Clausen, Karsten, Notruf der Polizei Hamburg (fiktiv)

El-Erian, Mustafa, Mongols Hamburg (fiktiv)

Empiricus, Sextus, Arzt und Philosoph im 2. Jahrhundert

Friedrichs, Dr. Erich, Notarzt in Kiel (fiktiv)

Grote, Dennis, Mongols Hamburg (fiktiv)

Hamburger Band Fettes Brot

Hellwig, Karsten, Mongols Hamburg (fiktiv)

Keller, Andy, Hells Angels Frankfurt (fiktiv)

Klein, Gerd, Hamburger Bürger (fiktiv)

Knippig, Hans, Mongols Hamburg (fiktiv)

Knof, Lars, Vize, Hells Angels Kiel (fiktiv)

Kuöhl, Richard, Hamburger Bildhauer

Losen, David, Sergeant-at-Arms, Hells Angels Kiel (fiktiv)

Möller, Jörn, Hells Angels Hamburg (fiktiv)

Schäfer, Pitt, Hells Angels Frankfurt (fiktiv)

Schimmel, Günter, Mongols Hamburg (fiktiv)

Schmitz, Siggi, Präsident, Hells Angels Köln (fiktiv)

Schorn, Fred, Verwaltungschef des Eroscenter Hamburg (fiktiv)

Schreier, Eberhard, Knastbruder von Pitt Schäfer (fiktiv)

Schulz, Heribert, Mongols Hamburg (fiktiv)

Sievers, Helge, Kriminalkommissar in Kiel (fiktiv)

Stange, Helmut, Hells Angels Hamburg, gleichzeitig verdeckter Ermittler (fiktiv)

Stelter, Bernd, Mitglied der Red Devils, Supporter-Club der Hells Angels Köln (fiktiv)

Torf, Kalle, Präsident Hells Angels Hamburg (fiktiv)

von Leixner, Otto, Schriftsteller, Literaturkritiker, Journalist und Historiker

Yanar, Kemal, Präsident, Mongols Hamburg (fiktiv)

Zara, Kadir, Mongols Hamburg (fiktiv)